我的第一本
日語文法
JAPANESE

全MP3一次下載

9789864541553.zip

iOS系統請升級至iOS 13後再行下載
此為大型檔案，建議使用WIFI連線下載，以免佔用流量，
並確認連線狀況，以利下載順暢。

如何使用本書

文法介紹

本書以介紹日語的基本用法為主，說明基本的名詞、動詞、形容詞之後，會再解釋賦予句子各種意義的助動詞、時態變化、和日語有名的「敬語」的基本用法。日語的特徵之一在於動詞有許多變化，各用來接續不同的詞來給予句子不同的意思。本書專門收錄一整個章節解釋動詞的變化，協助讀者理解日語的基礎。

JG10.mp3

▶ **10** 敬語　お／ご

ご紹介いたします。こちらは私の姉です。
請容我介紹，這一位是我的姊姊。

お湯加減はいかがですか。
熱水夠熱嗎？

お国はどちらですか。
請問您來自哪一國呢？

素敵なご家族ですね。
很美好的家庭耶。

▶ **文法重點**

「お」、「ご」為敬語，也是美化語，可以美化物品的稱呼。原則上和語用「お」，漢語用「ご」。

和語即日本原有的文字，漢語即從中國傳來的文字。和語與漢語發音相差甚遠，通常漢語念起來會跟中文比較相像，有兩個漢字的詞語居多。

和語：お水、お知らせ、お花、お湯…等等
漢語：ご意見、ご報告、ご協力…等等

032

例句

在每個單元的開頭，例句旁邊都附有圖片讓讀者可以推測此單元要教的文法意義。因為圖片都是日常生活中的場景，再跟句子互相結合，能讓讀者更容易理解本單元的重點文法。

文法重點

解說日語文法的一般用法及使用上的注意事項，來幫助讀者減低文法使用錯誤的機率。這些重點根據詞類或變化的不同，會整理成表格來呈現，讓讀者可以一次理解，破除混淆。

音檔

用手機掃描此處的QR碼即可馬上下載及撥放此單元的MP3音檔。本書內的例句皆有附上由日語母語人士錄製的音檔，分為「例句示範」、「文法重點例句」、「範例會話」三個部分。若不想每個單元都要掃描，也可翻到本書第一頁來一次下載所有的音檔。

例外：
お電話：「電話」是漢語，但是用「お」
ごゆっくり：「ゆっくり」為和語，但是用「ご」
ごもっとも：「もっとも」為和語，但是用「ご」
お返事、ご返事：「お」、「ご」兩者皆可
お通知、ご通知：「お」、「ご」兩者皆可

☆注意：
1. 通常外來語不會加上「お」、「ご」。
   （✗）おテーブル
   （✗）ごコーヒー

2. 也有些單字是已經習慣一定要加上「お」、「ご」，不加反而會聽不懂。
   ご飯（飯。不會有人只說「飯」，會聽不懂）
   お辞儀（行禮。不會有人只說「辞儀」，會聽不懂）

(注意！)

此處會指出本課學習的文法在使用
上需注意的地方，或者是較少見的
用法，目的在於幫助讀者了解日本
人實際上是如何使用該文法。

會 話

A 今度、みんなでお食事にいきましょうよ。
B いいですね。最近新しいお店がオープンしたので、そこにしませんか。
A 貴重なお時間を割いていただき、本当にありがとうございます。
B とんでもないです。こちらこそ、末長くよろしくお願い申し上げます。
A 最近お料理にハマってるの。
B ふーん。何料理が得意なの？
A いつも素敵なお心遣いをいただき、ありがとうございます。
B いえいえ。こちらこそ、相川さんにはいつもお世話になっています。

A 哪個時候大家一起吃頓飯吧。
B 好啊。最近有家店新開了，要不要去那裏？
A 很感謝您為我撥空。
B 哪有的事，這邊才是要請您以後多多指教。
A 最近很熱中於烹飪。
B 是啊。你擅長什麼料理？
A 感謝您一直關心我。
B 沒有沒有，這裡才是要感謝相川小姐一直關照我。

第二章 基礎訓練 033

(會話)

會話部分是由二至四段小對話組
成，從會話中，讀者可再次的確認
並學習如何活用從「文法重點」單
元中所學到的文法。對話的句子不
只可用來解釋文法，也展現了這些
文法在日常生活中如何被使用。

……」或「ご」。

2. (___) 名刺

3. (___) 化粧

4. (___) 気持ち

5. (___) 手紙

6. (___) 説明

7. (___) 散歩

8. (___) 請求

9. (___) 祝儀

10. (___) 見送り

11. (___) 野菜

12. (___) 住所

13. (___) 注文

14. (___) 届け

15. (___) 話

(課後練習)

本單元能夠藉由練習題確認學習者
是否確實能了解此單元的文法重
點，除了測試理解的程度外，練習
題也能夠促使學習者積極地使用這
些文法。

034

目錄

附錄

第**1**章

日語介紹

1. 日語的句子結構

各位可能曾經看過「ＡはＢです」的句子，相信也是您在學習日語上第一個見到的日語句子。「ＡはＢです」意思即為「Ａ是Ｂ」。

<ruby>私<rt>わたし</rt></ruby>は<ruby>久保田智也<rt>く ぼ た ともや</rt></ruby>です。
Ａ　は　　Ｂ　　です
我是久保田智也。

<ruby>彼女<rt>かのじょ</rt></ruby>は<ruby>台湾人<rt>たいわんじん</rt></ruby>です。
Ａ　は　Ｂ　です
她是台灣人。

而上述所見的「は」即為副助詞，「です」則是名詞、形容詞改成敬語形態時會加的結尾。日語的助詞用途極廣，可以表現出各個詞在句子中扮演的角色，也能夠改變句子意義。（助詞會在第五章：助詞大剖析一一詳細介紹）

述語（包括名詞＋です、形容詞、動詞）擺放在句子最後。說話者可以依據自己想要表達的意思任意改變主詞、受詞的位置。即使各詞在句子中的位置有所改變，但是由於助詞的關係，還是可以辨別各個詞在句子中的角色。

コーヒーが
ソーサーの<ruby>上<rt>うえ</rt></ruby>にあります。
主詞　が
受詞　に　述詞
咖啡在杯碟上。

ソーサーの<ruby>上<rt>うえ</rt></ruby>に
コーヒーがあります。
主詞　に
受詞　が　述詞
杯碟上有咖啡。

◆ 當主詞可以經由上下文得知的時候，此時主詞可以被省略。

A 池田さんはどこですか。
池田先生在哪裡？

B （池田は）会議室です。
（池田）在會議室。

A 今どこに行きますか。
（你）現在要去哪裡？

B 学校へ行きます。
（我）要去學校。

02. 動詞

　　日語的完整句子是由「S+O+V」組成，即「主詞＋受詞＋動詞」，主詞跟受詞都是簡單明瞭的名詞或代名詞，所以賦予句子變化的常常都會是動詞，也因此動詞在日文中有很多變化。

　　為了讓學習日文的外籍人士能快速分辨日文動詞，日文動詞會依文法結構、變化方式的不同而分為三大類，但隨書籍不同，可能會採用不同的稱呼方式，在此把常見的稱呼全部列出來：

五段活用動詞	=	五段動詞	= 第一類動詞
上一段活用動詞 下一段活用動詞	=	一段動詞	= 第二類動詞
カ行變格活用動詞 サ行變格活用動詞	=	不規則動詞	= 第三類動詞

　　各種動詞活用變化的方法會在「第三章：征服多變化的動詞」章節進行說明，這裡首先來釐清動詞的區分方式。

◆ 區別動詞的種類的方法

　　首先要了解的是日文的動詞的漢字部分稱為「語幹」；而平假名部分稱為「語尾」。沒有變化過的動詞又稱為「動詞原型」，其語尾一定都是在「ウ段音」，包括「う、く、ぐ、す、つ、ぬ、ぶ、む、る」等共9字，如下：

<ruby>洗<rt>あら</rt></ruby>う、<ruby>書<rt>か</rt></ruby>く、<ruby>泳<rt>およ</rt></ruby>ぐ、<ruby>話<rt>はな</rt></ruby>す、<ruby>待<rt>ま</rt></ruby>つ、<ruby>死<rt>し</rt></ruby>ぬ、<ruby>運<rt>はこ</rt></ruby>ぶ、<ruby>飲<rt>の</rt></ruby>む、<ruby>起<rt>お</rt></ruby>きる。

◆ 區別動詞三步驟：

1. 動詞的語尾若不是「る」者，必為五段活用動詞。

<ruby>洗<rt>あら</rt></ruby>う、<ruby>書<rt>か</rt></ruby>く、<ruby>泳<rt>およ</rt></ruby>ぐ、<ruby>話<rt>はな</rt></ruby>す、<ruby>待<rt>ま</rt></ruby>つ。

2. 動詞的語尾若是「る」者，有三種可能：五段活用動詞、上一段活用動詞、下一段活用動詞。此時需視「る」前一個字的母音而定。

<ruby>上<rt>あ</rt></ruby>がる、<ruby>起<rt>お</rt></ruby>きる、<ruby>降<rt>ふ</rt></ruby>る、<ruby>捨<rt>す</rt></ruby>てる、<ruby>乗<rt>の</rt></ruby>る。

①若母音為「あ、う、お」段音，則為五段活用動詞。
②若母音為「い」段音，則為上一段活用動詞。
③若母音為「え」段音，則為下一段活用動詞。

因此：
① 「<ruby>上<rt>あ</rt></ruby>がる、<ruby>降<rt>ふ</rt></ruby>る、<ruby>乗<rt>の</rt></ruby>る」為五段活用動詞（「が」屬於「あ」段音，為「あ」母音、「ふ」屬於「う」段音，為「う」母音、「の」屬於「お」段音，為「お」母音）
② 「<ruby>起<rt>お</rt></ruby>きる」為上一段活用動詞（「き」屬於「い」段音，為「い」母音）
③ 「<ruby>捨<rt>す</rt></ruby>てる」為下一段活用動詞（「て」屬於「え」段音，為「え」母音）

　　「上一段活用動詞」與「下一段活用動詞」，動詞的變化規則一模一樣，因故兩者可合稱為「一段活用動詞」或「第二類動詞」。而「カ行變格活用動詞」與「サ行變格活用動詞」，雖然兩者都被稱為「第三類動詞」，但兩者的動詞的變化規則都無跡可尋，也沒有共通點，也因此又被稱為「不規則動詞」。

☆補充！

　　絕大多數動詞都適用上述判斷方式，但仍有少數例外動詞，包括以下：

　　看似上一段活用動詞的五段活用動詞：
　　　　走<ruby>はし</ruby>る、切<ruby>き</ruby>る、入<ruby>はい</ruby>る、要<ruby>い</ruby>る、知<ruby>し</ruby>る…等等。
　　看似下一段活用動詞的五段活用動詞：
　　　　帰<ruby>かえ</ruby>る、滑<ruby>すべ</ruby>る、蹴<ruby>け</ruby>る、喋<ruby>しゃべ</ruby>る、減<ruby>へ</ruby>る…等等。

03. 形容詞／形容動詞

　　日語當中的形容詞和中文最大的不同點，在於日文的形容詞也有「時態」的變化，學習時要多加注意。

　　而日語形容詞分為兩種，分別為「イ形容詞」跟「ナ形容詞」，學日語文法時的「形容詞」一般指的是「イ形容詞」，「ナ形容詞」則稱為「形容動詞」。兩者分辨方法非常簡單：

形容詞＝イ形容詞→ 結尾為「い」的形容詞

　　　嬉<ruby>うれ</ruby>しい、美味<ruby>おい</ruby>しい、広<ruby>ひろ</ruby>い

形容動詞＝ナ形容詞→ 結尾為非「い」的形容詞

　　　便利<ruby>べんり</ruby>、静<ruby>しず</ruby>か、賑<ruby>にぎ</ruby>やか

　　兩種形容詞在文法上面有非常大的差別，首先是「後面接續名詞」的情況：

形容詞→ 可直接接續名詞

　　　美味<ruby>おい</ruby>しい料理<ruby>りょうり</ruby>　美味的料理

　　　嬉<ruby>うれ</ruby>しいプレゼント　令人開心的禮物

　　　広<ruby>ひろ</ruby>いマンション　寬廣的公寓

形容動詞→ 必須加上假名「な」之後才能接續名詞

賑やかな夜市　熱鬧的夜市

便利な道具　方便的道具

静かな演奏　寂靜的演奏

　　但是注意有少數例外。某些語尾為「イ」的形容詞，其實屬於「形容動詞」，如「綺麗（漂亮）」和「有名（有名）」，兩個形容詞雖然語尾發音都為「い」，但是「い」都為其漢字發音的一部分，平時語尾看不到假名「い」，因此屬於「形容動詞」。

綺麗な海　漂亮的海

有名な話　有名的故事

　　另外，「嫌い（討厭）」也屬於「形容動詞」，這個單字為單純無跡可尋的例外，一定要特別記住！

嫌いな食べ物　討厭的食物

　　日文中，形容詞除了放在名詞前面修飾名詞外，也能夠變成副詞修飾動詞，而「形容詞」和「形容動詞」在如此使用時變化的方式也會不同：

形容詞→ 語尾「い」去除，加上「く」

厳しく言う　嚴厲地説

携帯アプリを安く買う　便宜地買手機 APP

背が高くなる　身高長高

形容動詞→ 形容詞本身不變，加上「に」

部屋が綺麗になる　房間變漂亮

真面目に宿題をする　認真地寫功課

04. 句子種類

日語句子的基本構造簡單地說就是：主語文節＋述語文節

私 は学生です。

我是學生。

主語文節：名詞＋助詞

私 は～

我是～

述語文節則有多種類別：

① 名詞述語：名詞＋助動詞　例：学生です　是學生

② 形容詞（イ形容詞）述語：形容詞＋助動詞　例：可愛いです　可愛的

③ 形容動詞（ナ形容詞）述語：形容動詞＋助動詞　例：元気です　健康的

④ 動詞述語：動詞＋助動詞　例：勉強します　讀書

日語的句子種類可以分為：名詞句、形容詞句、動詞句、存在句（請見單元7存在動詞）。

名詞句	金子久実さんは先生です。 金子久實小姐是老師。
形容詞句	同僚は親切です。 同事很親切。
動詞句	私 はご飯を食べます。 我吃飯。
存在句	ここにペンがあります。 這裡有筆。

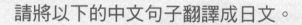

請將以下的中文句子翻譯成日文。

1. 他是警察。（警察＝警察<ruby>けいさつ</ruby>）

_____

2. 我是店員。（店員＝店員<ruby>てんいん</ruby>）

_____

3. 喜歡的電影。（喜歡＝すき、電影＝映画<ruby>えいが</ruby>）

_____

4. 快速的走路。（快速＝早<ruby>はや</ruby>く、走路＝歩<ruby>ある</ruby>く）

_____

5. 天氣變好。（天氣＝天気<ruby>てんき</ruby>）

_____

第**2**章

基礎訓練

JG05.mp3

<ruby>陳<rt>ちん</rt></ruby>さん**は**とても<ruby>綺麗<rt>きれい</rt></ruby>です。

陳小姐非常漂亮。

<ruby>姉<rt>あね</rt></ruby>**は**<ruby>台北<rt>たいぺい</rt></ruby>、<ruby>弟<rt>おとうと</rt></ruby>**は**<ruby>高雄<rt>たかお</rt></ruby>にいます。

姊姊在台北，弟弟在高雄。

<ruby>月<rt>つき</rt></ruby>**が**<ruby>見<rt>み</rt></ruby>えます。

看到月亮了。

<ruby>誰<rt>だれ</rt></ruby>**が**<ruby>蔡<rt>さい</rt></ruby>さんですか。

誰是蔡先生呢？

文法重點

　　日語裡，如何區別「は」與「が」是學習者的一大課題。本單元要學習「は」與「が」的基本文法性質與用法，幫助你輕鬆分辨。

一、重點的位置的差異

◆ は →「は」前面的名詞才是主語,重點在後面的說明文,意在說明。

常見句型: AはBです(A是B)

私は五十嵐幸子です。
（わたし　いがらしさちこ）

（自我介紹）我是五十嵐幸子。

◆ が→「が」前面的名詞當做主語,重點在前面的名詞,有限定對象的效果

常見句型: AがBです。(A是B、B是A、A就／才／正是B)

私が五十嵐幸子です。
（わたし　いがらしさちこ）

（強調是我）我就是五十嵐幸子。

二、句型結構

「が」:和相近(隨後的)述語做連結,在文節中使用

「は」:和相遠(文末的)述語做連結,可以跨越文節使用

請注意例句的顏色,便可以了解哪個字跟哪個述語連結:

日本は　日本人が　思っているほど　狭い国ではない。
（にほん　にほんじん　おも　せま　くに）

日本並不像日本人所認為的那麼狹小。

私が　住んでいる場所は　とても賑やかです。
（わたし　す　ばしょ　にぎ）

我居住的地方非常熱鬧。

修飾名詞的從屬節稱為「連體修飾節」。連體修飾的主語用「が」。

☆注意!

「連體修飾節」中的主語「が」也可以用「の」代替,但絕不能用「は」。

（○）私の住んでいる場所はとても賑やかです。
（わたし　す　ばしょ　にぎ）
（×）私は住んでいる場所はとても賑やかです。
（わたし　す　ばしょ　にぎ）

三、表示對比用「は」

東京へは行きますが、大阪へは行きません。

會去東京，但不會去大阪。

平日は忙しいですが、休日は暇です。

雖然平日很忙，但假日很閒。

四、「が」表示中立敘述，描述「所見所聞的現象或事情」用「が」

あっ！地震が来ましたよ！

啊！有地震！

電車が来ました。

電車來了。

五、針對疑問句回答時，句子的「焦點」部分用「が」

Q どの小説がお勧めですか。　　　你推薦哪本小說呢？

A 西遊記がお勧めです。　　　　　我推薦西遊記。

Q 誰が結婚するんですか。　　　　誰要結婚呢？

A 顔さんが結婚するんですよ。　　是顏先生要結婚喔。

六、新情報用「が」，舊情報用「は」

取引先の中村さんが午後、台中へ到着します。中村さんは 3 時に
ホテルでチェックインをする予定です。

客戶的中村先生下午會抵達台中。中村先生預計 3 點要到飯店辦理入住。

七、基本句型：名詞1は＋名詞2が～

名詞1是主語，名詞2通常是主語的一部分、感情或能力等之對象、所擁有的物
品等。

田舎は空気がいいですね。　　　僕は英語が得意です。

鄉下的空氣很好。　　　　　　　我擅長英語。

請在空格裡填入「は」或「が」。

1. 僕の 妹 ＿＿＿＿ 携帯電話 ＿＿＿＿ ほしいです。

2. 私 は刺身 ＿＿＿＿ あまり食べませんが、お寿司 ＿＿＿＿ よく食べます。

3. 見て見て！桜 ＿＿＿＿ 綺麗だよ。

4. 偶には海外旅行もいいかもね。どこ ＿＿＿＿ いい？

5. ここ ＿＿＿＿ どこですか。

6. この雑誌 ＿＿＿＿ 誰 ＿＿＿＿ 買ったのですか。

7. 分からないところ ＿＿＿＿ あったら、先生に聞いてください。

8. 呉 さん ＿＿＿＿ 日本語 ＿＿＿＿ 苦手ですが、郭 さん ＿＿＿＿ スペイン語 ＿＿＿＿ 苦手です。

9. 鳥の鳴き声 ＿＿＿＿ 聞こえるでしょう。この鳥 ＿＿＿＿ ヤマムスメです。

JG06.mp3

どなたがいます**か**。
請問有誰在呢？

休み

<ruby>今週<rt>こんしゅう</rt></ruby>の<ruby>休<rt>やす</rt></ruby>みはいつです**か**。
這一週的休假是什麼時候呢？

<ruby>私<rt>わたし</rt></ruby>の<ruby>出番<rt>でばん</rt></ruby>はまだです**か**。
什麼時候輪到我出場呢？

<ruby>一緒<rt>いっしょ</rt></ruby>にジムに<ruby>通<rt>かよ</rt></ruby>いません**か**。
要不要一起上健身房呢？

文法重點

　　如果要表疑問，只要在句末加上「か」即可。「か」為表示疑問的終助詞，相當於中文的「嗎」，念的時候聲調會上揚。另外要注意的是日語疑問句中的「か」本身就具有問號的作用，因此不須再打問號，加上句號即可。

　　此外，除了放句尾表示疑問之外，也有放在句中的用法。

一、疑問詞＋か

這裡的「か」用以表示「不確定」。

誰かドアから家に入って来ましたよ。

有誰從家門進來屋子裡喔。

どこか痛いところはありますか。

有哪裡會痛的嗎？

二、名詞＋か

接續在名詞之後的「か」用以表示「或」。

毎日 MRT かバイクで通勤しています。

每天搭捷運或騎機車通勤。

両親に相談するか、兄弟に相談するか迷っています。

我猶豫要和父母親商量，還是找兄弟姊妹商量。

會話

A 謝さんの靴はどれですか。

B 謝さんの靴はこれですよ。

A 麺かご飯、どっちにしますか。

B 麺にします。

A どれが面白いですか。

B これが面白いですよ。

A 何か食べたい物はありますか。

B 特に何もないです。

A 謝先生的鞋子是哪一個？

B 謝先生的鞋子是這一個喔。

A 麵或飯，你要哪一個呢？

B 我要麵。

A 哪一個有趣呢？

B 這一個很有趣喔。

A 有什麼想要吃的東西嗎？

B 沒有特別（想吃的）。

請將以下的中文句子翻譯成日文。

1. 明天是星期幾呢？（星期幾＝何曜日〔なんようび〕）

_____

2. 你喜歡什麼呢？

_____

3. 星期六或日，有空嗎？（有空＝空〔あ〕いている）

_____

4. 那是什麼呢？

_____

5. 這裡什麼比較好吃呢？

_____

6. 有什麼想要去的地方嗎？（想要去＝行〔い〕きたい）

_____

07　存在動詞　います／あります

 JG07.mp3

犬(いぬ)はお風呂(ふろ)の中(なか)に**います**。
狗在浴缸裡面。

お鍋(なべ)は冷蔵庫(れいぞうこ)の中(なか)に**あります**。
鍋子在冰箱裡。

男(おとこ)の子(こ)は机(つくえ)の下(した)に**います**。
男孩子在桌子下。

子供(こども)が**います**。
（我）有小孩。

文法重點

　　在中文裡，雖然都是一個字「有」，但是日文會根據「能否靠自我意識活動」而有所區別。所以人、動物、鬼魂、昆蟲等要用「います」；植物、物品、屍體等不能自己活動的則要用「あります」。

下列句子文法正確的話在空格中畫「○」，錯誤的畫「×」。

_____ 1. うちには犬があります。

_____ 2. 猫は屋根の上にいます。

_____ 3. 戸田さんは 教室 にありました。

_____ 4. 愛さんはまだ家にいます。

_____ 5. 母さんならまだ会社にあります。

_____ 6. あなたはどこにいますか。

_____ 7. 映画館なら西の方に居ます。

_____ 8. 虫がいる！

_____ 9. 変な人が後ろにあります。

_____ 10. そこに誰がいますか。

<ruby>10<rt>じゅう</rt></ruby> <ruby>時<rt>じ</rt></ruby>に<ruby>寝<rt>ね</rt></ruby>ます。

10 點睡覺。

<ruby>彼<rt>かれ</rt></ruby>の **4** <ruby>月<rt>し がつ</rt></ruby>の<ruby>業績<rt>ぎょうせき</rt></ruby>はとてもよかった。

他的 4 月業績很棒。

<ruby>合計<rt>ごうけい</rt></ruby> **68000** <ruby>円<rt>えん</rt></ruby>です。

總共 68000 日圓。

<ruby>電話番号<rt>でん わ ばんごう</rt></ruby>は **04-1272-8339** です。

電話號碼是 04-1272-8339。

文法重點

　　在日語中，數字有三種念法。①訓讀（和音）②音讀（漢音）③外來語，訓讀為日本原有的發音，與中文發音相差甚遠；音讀為來自中國的發音，會與中文發音較相似。外來語基本上就是英語用片假名拚出來的唸法。

　　以下為訓讀的例子，左邊是日語「～個」的數法，剛好跟月曆的日期相似，可以一起記起來。

表數量時會用訓讀：

一個	ひとつ	一日	ついたち
兩個	ふたつ	兩日	ふつか
三個	みっつ	三日	みっか
四個	よっつ	四日	よっか
五個	いつつ	五日	いつか
六個	むっつ	六日	むいか
七個	ななつ	七日	なのか
八個	やっつ	八日	ようか
九個	ここのつ	九日	ここのか
十個	とお	十日	とおか

而一般數數字則是用音讀，如下：

0	れい／ゼロ		
1	いち	11	じゅういち
2	に	20	にじゅう
3	さん	30	さんじゅう
4	し／よん	40	よんじゅう
5	ご	50	ごじゅう
6	ろく	60	ろくじゅう
7	しち／なな	70	ななじゅう
8	はち	80	はちじゅう
9	きゅう	90	きゅうじゅう
10	じゅう	100	ひゃく

百位數以上的數字念法有些例外，請注意：

100	ひゃく	1,000	せん	10,000	いちまん
200	にひゃく	2,000	にせん	100,000	じゅうまん
300	さんびゃく	3,000	さんぜん	1,000,000	ひゃくまん
400	よんひゃく	4,000	よんせん	10,000,000	いっせんまん
500	ごひゃく	5,000	ごせん	100,000,000	いちおく
600	ろっぴゃく	6,000	ろくせん	9,002	きゅうせん　に
700	ななひゃく	7,000	ななせん	9,020	きゅうせん　にじゅう
800	はっぴゃく	8,000	はっせん	9,200	きゅうせん　にひゃく
900	きゅうひゃく	9,000	きゅうせん		

　　漢音數字會用在電話號碼、公車號碼、高度、重量、門牌號碼、年分、月份、分鐘、秒數及金錢。但是注意，日語的房號等三位數的零會念做「まる」例如「３０２号室（302號房）」。而電話的零，會使用外來語的「ぜろ（zero）」。

☆注意！

　　日語數字跟中文一樣，以個、十、百、千、萬來進位。因此，958,746 被念做「九十五萬八千七百四十六 （きゅうじゅうごまんはっせんななひゃくよんじゅうろく）」。不過，中文上若數字中間有零，會習慣念出來，但日語則跳位，不必把零說出來。例如 8,601 中文會念做 「八千六百零一」而日文會念做「はっせんろっぴゃくいち」。

　　當數字以１為開頭時，１常省略不念，但１萬的１需要念出來，念做「いちまん」。

會 話

A オフィスは何階^{なんがい}ですか。

B ３階^{さんがい}です。

A 電話番号^{でんわばんごう}は何番^{なんばん}ですか。

B ０９-１２３４-５６７８ です。
^{ぜろきゅうのいちにさんよんのごろくななはち}

A 請問辦公室在幾樓？

B 在３樓。

A 請問電話號碼是幾號？

B 是 09-1234-5678。

將例句中的數字用日語平假名寫出來，填入空格。

1. 京都から奈良まで、約【45】キロあります。

   _____

2. 富士山は標高【3776.24】メートルある。

   _____

3. 【1000】万円があったら何がしたいですか。

   _____

4. 【9000】円を道に落とした。

   _____

JG09.mp3

これは何_{なん}ですか。
這是什麼呢？

それはどなたのですか。
那是誰的呢？

あれはいくらですか。
那個是多少錢呢？

どれが安_{やす}いですか。
哪一個便宜呢？

文法重點

　　「指示語」分為「こ、そ、あ、ど」四種系統，這四個字可以巧妙地表達出說話者、聽話者以及話題內容三方面的遠近關係。

　　「これ、それ、あれ、どれ」皆為代名詞，因此不可再加上名詞。

代表意義分別如下：

これ	相當於中文的「這個」，用來表示距離自己較近的東西。
それ	相當於中文的「那個」，用來表示距離對方較近的東西。
あれ	相當於中文的「那個」，用來表示距離雙方都較遠的東西。
どれ	相當於中文的「哪個」，屬於疑問詞，用來做詢問。

若想要把名詞給清楚表達出來，則要用「この、その、あの、どの」。代表意義分別如下：

この	相當於中文的「這個」，用來表示距離自己較近的東西。
その	相當於中文的「那個」，用來表示距離對方較近的東西。
あの	相當於中文的「那個」，用來表示距離雙方都較遠的東西。
どの	相當於中文的「哪個」，屬於疑問詞，用來做詢問。

由上述可見，日語的「これ、それ、あれ、どれ」與對應的「この、その、あの、どの」意義完全相同，差別在於文法上，「の」結尾的「この、その、あの、どの」之後一定要加上名詞。

會話

A これはどこのお守りですか。

B これは太宰府天満宮のです。

A その時計、いいですね。

B ありがとうございます。私のお気に入りです。

A あの屋根が高いところが会場ですか。

B ええ、そうですよ。

A どの駅でおりますか。

B 品川駅でおりて、バスに乗り換えます。

A 這是哪裡的護符？

B 這是太宰府天滿宮的（護符）。

A 那個時鐘很棒呢。

B 謝謝，我也很喜歡。

A 那個屋頂很高的地方是會場嗎？

B 嗯，是啊。

A 在哪個車站下車？

B 在品川站下車，換搭巴士。

從下列選項中，選出正確的選項填入空格之中。

1　①あれ　②この　③どれ　④どの

A ＿＿＿＿＿＿が欲<ruby>欲<rt>ほ</rt></ruby>しい？

B ＿＿＿＿＿＿が欲<ruby>欲<rt>ほ</rt></ruby>しい！

2. ①あれ　②どれ　③あの　④どの

A 新<ruby>新人<rt>しんじん</rt></ruby>の人<ruby>人<rt>ひと</rt></ruby>、また遅刻<ruby>遅刻<rt>ちこく</rt></ruby>したらしいよ。

B ＿＿＿＿＿＿人<ruby>人<rt>ひと</rt></ruby>はいつもマイペースだからね。

3　①この　②その　③それ　④どれ

A ＿＿＿＿＿＿、どこで買<ruby>買<rt>か</rt></ruby>ったんですか。

B ＿＿＿＿＿＿携帯<ruby>携帯<rt>けいたい</rt></ruby>ケースですか。西門町<ruby>西門町<rt>せいもんちょう</rt></ruby>で買<ruby>買<rt>か</rt></ruby>いましたよ。

4. ①あの　②どの　③これ　④それ

A ＿＿＿＿＿＿重<ruby>重<rt>おも</rt></ruby>いんですけど、どこに置<ruby>置<rt>お</rt></ruby>けばいいですか。

B ああ、課長<ruby>課長<rt>かちょう</rt></ruby>のデスクに置<ruby>置<rt>お</rt></ruby>いておいて。

5. ①その　②どの　③あれ　④これ

A 林<ruby>林<rt>はやし</rt></ruby>さん、ちょっと＿＿＿＿＿＿資料<ruby>資料<rt>しりょう</rt></ruby>貸<ruby>貸<rt>か</rt></ruby>してくれるかな。

B 今手元<ruby>今手元<rt>いまてもと</rt></ruby>に三<ruby>三<rt>みっ</rt></ruby>つありますが、＿＿＿＿＿＿資料<ruby>資料<rt>しりょう</rt></ruby>ですか。

10 敬語　お／ご

ご紹介いたします。こちらは私の姉です。
請容我介紹，這一位是我的姊姊。

お湯加減はいかがですか。
熱水夠熱嗎？

お国はどちらですか。
請問您來自哪一國呢？

素敵なご家族ですね。
很美好的家庭耶。

文法重點

「お」、「ご」為敬語，也是美化語，可以美化物品的稱呼。原則上和語用「お」，漢語用「ご」。

和語即日本原有的文字，漢語即從中國傳來的文字。和語與漢語發音相差甚遠，通常漢語念起來會跟中文比較相像，有兩個漢字的詞語居多。

和語：お水、お知らせ、お花、お湯…等等
漢語：ご意見、ご報告、ご協力…等等

例外：

お電話：「電話」是漢語，但是用「お」

ごゆっくり：「ゆっくり」為和語，但是用「ご」

ごもっとも：「もっとも」為和語，但是用「ご」

お返事、ご返事：「お」、「ご」兩者皆可

お通知、ご通知：「お」、「ご」兩者皆可

☆注意：

1. 通常外來語不會加上「お」、「ご」。

　　（✗）おテーブル

　　（✗）ごコーヒー

2. 也有些單字是已經習慣一定要加上「お」、「ご」，不加反而會聽不懂。

　　ご飯（飯。不會有人只說「飯」，會聽不懂）

　　お辞儀（行禮。不會有人只說「辞儀」，會聽不懂）

會話

A 今度、みんなでお食事にいきましょうよ。

A 哪個時候大家吃頓飯吧。

B いいですね。最近新しいお店がオープンしたので、そこにしませんか。

B 好啊。最近有家店新開了，要不要去那裏？

A 貴重なお時間を割いていただき、本当にありがとうございます。

A 很感謝您為我撥空。

B とんでもないです。こちらこそ、末長くよろしくお願い申し上げます。

B 哪有的事。這邊才是要請您以後多多指教。

A 最近お料理にハマってるの。

A 最近很熱中於烹飪。

B ふーん。何料理が得意なの？

B 是啊。你擅長什麼料理？

A いつも素敵なお心遣いをいただき、ありがとうございます。

A 感謝您一直關心我。

B いえいえ。こちらこそ、相川さんにはいつもお世話になっています。

B 沒有沒有，這裡才是要感謝相川小姐一直關照我。

在空格中填入「お」或「ご」。

1. (＿＿) 刺身

2. (＿＿) 名刺

3. (＿＿) 化粧

4. (＿＿) 気持ち

5. (＿＿) 手紙

6. (＿＿) 説明

7. (＿＿) 散歩

8. (＿＿) 請求

9. (＿＿) 祝儀

10. (＿＿) 見送り

11. (＿＿) 野菜

12. (＿＿) 住所

13. (＿＿) 注文

14. (＿＿) 届け

15. (＿＿) 話

第**3**章

征服多變化的動詞

JG11.mp3

せんせい、にほんぶんかのレポートを見ていただけない
でしょうか。
老師，可以請您幫我看看日本文化的報告嗎？

きのうはロシアチームが勝ちました。
昨天俄羅斯隊獲勝了。

文法重點

　　動詞原先分為六種變化，其中的第一變化稱為「未然型」，而「未然型」包括「否定形」和「意量形」兩種，其變化方式又有不同，因此為了避免混淆，學習日語時常常把第一變化改稱為「否定形」，將「意量形」分開來獨立成為第七種變化。

　　七種變化的意義如下：

第一變化	否定形	表示否定。
第二變化	連用形	依接續的詞可表示多種意義，如過去、希望等等。
第三變化	終止形	表示句子的終止。又稱「原形」或「普通形」等。
第四變化	連體形	用以修飾名詞。
第五變化	假定形	表示假定，如果、可能、的話。
第六變化	命令形	表示命令。
第七變化	意量形	表示意志、決心和呼籲。

各種變化會在後面的單元進行詳解，但可先在這個單元初步理解其意義和變化方式。但「終止形」為動詞的基本型態，不需要特別變化或接續特定的字，本章也不特地再介紹。

　　另外，動詞漢字部分稱為語幹；平假名部分稱為語尾。「五段活用動詞」和「上、下一段活用動詞」皆只變化「語尾」，「語幹」則不變。

1. 五段活用動詞的變化

　　在「單元2　動詞」之中我們曾學到動詞原型（終止形）的語尾一定會是「ウ段音」，包括「う、く、ぐ、す、つ、ぬ、ぶ、む、る」等共9字，這點也可以用來判斷五段活用動詞如何變化。

　　以「話す（說）」為例：「話す」的語尾為「す」，「す」在50音之中屬於「ウ段」的「さ行」，而「話す」的七種變化的語尾就一定會是「さ行」的五個音，包括「さ、し、す、せ、そ」。其中「第三個音」和「第四個音」會重複用到兩遍，如下表：

變化	變化後的動詞		接續
	語幹	語尾	
第一變化　否定形	話	さ	ない
第二變化　連用形	話	し	ます、て、た、たい、たら、たり、ながら…等
第三變化　終止形	話	す	。
第四變化　連體形	話	す	名詞
第五變化　假定形	話	せ	ば
第六變化　命令形	話	せ	。
第七變化　意量形	話	そ	う

　　請注意若動詞語尾為「う」的動詞，其否定形接「ない」時，並非「あない」，而是「わない」。例如：洗う→洗わない

2. 上、下一段活用動詞的變化

　　一段活用動詞不分上、下，皆從語尾最後的「る」來進行變化。類似五段活用動詞的變化方式，一段活用動詞使用「る」所在的「ら行」來進行變化，包括「ら、り、る、れ、ろ」五字，但第一變化、第二變化、第七變化都需把語尾「る」刪除，所以實際用到的只有「る、れ、ろ」。

　　以「起きる」舉例如下表：

變化	變化後的動詞		接續
	語幹	語尾	
第一變化　否定形	起	き	ない
第二變化　連用形	起	き	ます、て、た、たい、たら、たり、ながら…等
第三變化　終止形	起	きる	。
第四變化　連體形	起	きる	名詞
第五變化　假定形	起	きれ	ば
第六變化　命令形	起	きろ	。
第七變化　意量形	起	き	よう

3. カ行變格活用動詞的變化

カ行變格活用動詞只包括「来る」一個動詞。不只「語尾」會改變，連「語幹」都會改變，因此稱作變格動詞。請直接把變化方式背起來。

以「来る」舉例如何變化：

變化		變化後的動詞	接續
第一變化	否定形	こ	ない
第二變化	連用形	き	ます、て、た、たい、たら、たり、ながら…等
第三變化	終止形	くる	。
第四變化	連體形	くる	名詞
第五變化	假定形	くれ	ば
第六變化	命令形	こい	。
第七變化	意量形	こ	よう

4. サ行變格活用動詞

サ行變格活用動詞只有「する」一個動詞。不只「語尾」會改變，連「語幹」都會改變，因此稱作變格動詞。請直接把變化方式背起來。

以「する」舉例如何變化：

變化		變化後的動詞	接續
第一變化	否定形	し	ない
第二變化	連用形	し	ます、て、た、たい、たら、たり、ながら…等
第三變化	終止形	する	。
第四變化	連體形	する	名詞
第五變化	假定形	すれ	ば
第六變化	命令形	しろ	。
第七變化	意量形	し	よう

請將括弧內動詞變化成指定的形態，填入空格。

1. 私は駅に＿＿＿＿＿＿＿（いる、否定形）よ。

2. 大学生になったら初めて一人で海外旅行を＿＿＿＿＿＿＿（する、意量形）と思う。

3. 試験はもうすぐ＿＿＿＿＿＿＿（終わる、終止形）。

4. テレビを＿＿＿＿＿＿＿（見る、連用形）ながら、ご飯を食べます。

5. 彼と口喧嘩をした。今日は電話にも＿＿＿＿＿＿＿（出る、否定形）。

6. 時間があったら、一緒に遊びに＿＿＿＿＿＿＿（行く、意量形）。

7. 早起き＿＿＿＿＿＿＿（する、假定形）、気分が良くなる。

8. ほら＿＿＿＿＿＿＿（見る、命令形）よ。今月も赤字だ。

9. おじいちゃんが、たまには帰って＿＿＿＿＿＿＿（来る、命令形）って。

10. 噂を聞いても、＿＿＿＿＿＿＿（話す、連體形）人がいない。

12 否定形

<ruby>食<rt>しょく</rt></ruby> <ruby>事<rt>じ</rt></ruby><ruby>前<rt>まえ</rt></ruby>の<ruby>手<rt>て</rt></ruby><ruby>洗<rt>あら</rt></ruby>いは<ruby>忘<rt>わす</rt></ruby>れては**いけない**。

吃飯前不能忘記洗手。

<ruby>今<rt>きょう</rt></ruby>日はもうベッドから**出<rt>で</rt>ない**。

今天不下床了。

<ruby>悟<rt>さとし</rt></ruby><ruby>志<rt></rt></ruby>くんは<ruby>風<rt>かぜ</rt></ruby><ruby>邪<rt></rt></ruby>で**来<rt>こ</rt>ない**。

悟志感冒，不來了。

せっかくの<ruby>休<rt>やす</rt></ruby>みなのに<ruby>何<rt>なに</rt></ruby>も**しなかった**。

難得的假日卻什麼都沒做。

文 法 重 點

「動詞否定形」如其名，用以表示否定。意思為「不〜」，敬體為「ません」。

動詞否定形的變化方式如下：

五段活用動詞：動詞語尾的「ウ段音」改為「ア段音」＋ない

例：<ruby>話<rt>はな</rt></ruby>す→<ruby>話<rt>はな</rt></ruby>さ＋ない

再次提醒：若動詞語尾為「う」的動詞，其否定形接「ない」時，並非「あない」，而是「わない」。

例：洗う→洗わない

上、下一段活用動詞：動詞語尾的「る」改成「ない」
例：起きる→起きない

カ行變格活用動詞：特殊變化，請看下例，注意「来」的發音變化
例：来る→来ない

サ行變格活用動詞：特殊變化，請看下例
例：する→しない

會話

A 日本の果物は高いよね。	A 日本的水果好貴啊。
B そうだよね。おいしいけど高すぎで、私はめったに買わない。	B 對啊，雖然很好吃但太貴，所以我很少買。
A うちの犬は寝てばかりで、とにかく動かない。	A 我們家的狗一直睡，就是不動。
B もうお年寄りだからしかたない。	B 已經是老狗了，沒辦法。
A せっかくカラオケに来たのに歌わないの？	A 難得到卡拉 OK，不唱歌嗎？
B 喉の調子が悪いから今日は歌わないよ。	B 喉嚨狀況不好，今天不唱。
A 夏美ちゃん、醬油いる？	A 夏美，你要醬油嗎？
B いらない。	B 不要。

請將以下的中文句子翻譯成日文。

1. 廣志先生不會來派對。（派對＝パーティー）

　　_____

2. 我不那麼想。

　　_____

3. 那個電風扇 5 千日圓也不夠。（電風扇＝扇風機<ruby>せんぷうき</ruby>）

　　_____

4. 跳起來也搆不到。（跳＝ジャンプ、搆＝届<ruby>とど</ruby>く）

　　_____

5. 有人來我也不會特意打掃。（特意＝わざわざ）

　　_____

JG13.mp3

休みの時何しようかなぁ。**考えた**だけでも 幸せ。

休假的時候要做什麼好呢？光用想的就好幸福啊。

徹夜で期末テストの**勉強**をしました。

我熬夜準備了期末考。

思う存分旅行を**楽**しんだ。

盡情的享受旅行了。

韓国の美容室でお金だけ沢山使って、後悔しながら**帰国**した。

在韓國的美容院花了好多錢，帶著後悔的心情回國。

文法重點

　　「動詞た形」和第13單元的「動詞て形」皆屬於動詞連用形的常見用法，「た」即為日文的過去形，表示此動作已發生，常譯為「～了」。動詞在變化成「動詞た形」時有時候會發生「音便」的情況，會跟在第11單元介紹的第二變化的變化方式有所不同，在下一個單元會再一併詳細說明。

「た」和與各品詞搭配方式如下：

1. 動詞連用形（第二變化）＋た
2. イ形容詞（去掉い）＋かった
3. ナ形容詞＋だった
4. 名詞＋だった

私は怪しい人影を見た。
我看到了可疑的人影。

Ｔシャツを嗅いでみたら、汗臭かった。
聞了Ｔ恤後發現有汗臭味。

會話

A もう夏休みの予定を決めましたか。

B いいえ。まだ決めていません。どこかいいところを知りませんか。

A あれ、丁さん勉強中だったんですか。

B ええ。でも、今ちょうど終わったところです。

A 一緒に帰りませんか。

B ええ、帰りましょう。

A 今日彼女が30分も遅れてきたけど、怒らないでじっと我慢したよ。

B そう。それは偉いね。

A 你已經決定好暑假的計畫了嗎？

B 不，還沒有決定耶。你知道有什麼好地方嗎？

A 咦，丁小姐正在用功嗎？

B 是啊，不過現在剛讀完了喔。

A 要不要一起回家呢？

B 好，一起回家吧。

A 今天我的女朋友遲到了半小時這麼久，但是我忍住了沒有生氣喔。

B 這樣啊。那真是了不起。

一、請將括弧內動詞，變化成指定的形態填入。

1. 最近人気のゲームはもう ＿＿＿＿＿＿＿（買う、常體）？

2. スマホをずっといじっていたら、電池が ＿＿＿＿＿＿＿（切れる、常體）。

3. 先月、父が ＿＿＿＿＿＿＿（亡くなる、敬體）

4. 現代人は、寝る時間が遅く ＿＿＿＿＿＿＿（なる、敬體）。

5. あの有名店には、もう ＿＿＿＿＿＿＿（行く、敬體）か？

6. 昔、パンは一つ 10 元しか ＿＿＿＿＿＿＿（する、敬體）。

7. さっきヨガをしたので、喉が ＿＿＿＿＿＿＿（渇く、敬體）。

8. たった今、地震が ＿＿＿＿＿＿＿（ある、常體）。

9. 昨日のスープは変な味が ＿＿＿＿＿＿＿（する、常體）。

10.やっと運命の時が ＿＿＿＿＿＿＿（来る、常體）。

二、請將以下的中文句子翻譯成日文。

1. 聽說日月潭的涵碧樓住一晚要價 2 萬元。（日月潭＝日月潭、涵碧樓＝涵碧楼）

   _____

2. 進入 6 月了，過一陣子會進入梅雨吧。（梅雨＝梅雨）

   _____

3. 我為了遺忘女友的事，出去旅行了。（女友的事＝彼女のこと）

   _____

4. 蔣小姐被公司開除，現在是飛特族。（開除＝クビ、飛特族＝フリーター）

   _____

5. 最近戴口罩的人很多。（口罩＝マスク）

   _____

JG14.mp3

ちょっと待って！
等一下！

妹の成人式が終わって、バーに行って乾杯した。
妹妹的成人式結束後，去酒吧乾了一杯。

検温いたします。額を出してください。
要測體溫，請把額頭亮出來。

結婚して、二児を授かった。
結婚之後，上天賜給我兩個孩子。

文法重點

　　「動詞て形」和第12單元的「動詞た形」皆屬於動詞連用形的常見用法，變化方式和「動詞た形」一模一樣，可參考第12單元。

　　動詞的「て形」在日語中極為重要，其功用簡單來說就像黏著劑一樣，可以將日文的句子與句子、動詞與動詞連接在一起，使其成為完整的語句。

日文在一個句子中，結構上不能夠出現一個以上的動詞，但我們在表達語意時，往往一句話中可能有許多動詞會出現。而只要用「て形」連接，一個句子中就可以使用複數的動詞。

例如「早上起床後，刷牙、吃早餐」這個句子：

（×）朝<ruby>起<rt>あさお</rt></ruby>きる<ruby>歯<rt>は</rt></ruby>を<ruby>磨<rt>みが</rt></ruby>く<ruby>朝<rt>あさ</rt></ruby>ごはんを<ruby>食<rt>た</rt></ruby>べた。

這是錯誤示範，句子聽起來一直中斷，沒有連貫性。

（○）朝<ruby>起<rt>あさお</rt></ruby>きて、<ruby>歯<rt>は</rt></ruby>を<ruby>磨<rt>みが</rt></ruby>いて、<ruby>朝<rt>あさ</rt></ruby>ごはんを<ruby>食<rt>た</rt></ruby>べた。

這樣才是正確的。注意「て形」的連接有先後順序，「て形」前項詞為先發生，「て形」後項連接的動詞為晚發生。所以在這個句子中，事情發生的先後順序為：早上起床→刷牙→吃早餐。

動詞的「て形」屬於第二變化，除了第10單元提及的變化方式以外，有幾個例外的狀況稱為「音便」，意指為了發音方便而產生的變化，以下會說明發生的條件及變化方式。

一、動詞的音便

　1. 音便發生的條件

　　① 屬於五段活用動詞：也就是說「上、下一段活用動詞」、「カ行變格活用動詞」、「サ行變格活用動詞」等完全不會有音便的問題，依照原本第二變化的方式變化即可。

　　② 要在第二變化：第一、三～六變化沒有音便的問題。

　　③ 接續「て、ては、ても、た、たら、たり」等「て」或「た」開頭的助動詞。注意「たい」雖然是「た」開頭的助動詞，但例外的不需音便，只要按照原本第二變化的方式變化即可。

為方便理解，以下舉幾個「音便」的例子：

◆ <ruby>書<rt>か</rt></ruby>く＋て＝<ruby>書<rt>か</rt></ruby>いて：「書く」為五段活用動詞，改成「て形」時會需要音便。

◆ <ruby>言<rt>い</rt></ruby>う＋ば＝<ruby>言<rt>い</rt></ruby>えば：雖然「言う」為五段活用動詞，但「ば」是第五變化的假定形，不會音便。

◆ <ruby>飲<rt>の</rt></ruby>む＋たい＝<ruby>飲<rt>の</rt></ruby>みたい：「飲む」為五段活用動詞，也接續「た」開頭的助動詞應該要音便，但「たい」為例外，因此也不會音便。

2. 音便發生的種類

① 促音便：動詞語尾是「う」、「つ」、「る」。

買う（かう）→買いて→買って

待つ（まつ）→待ちて→待って

売る（うる）→売りて→売って

② 鼻音便（撥音便）：動詞語尾是「ぬ」、「ぶ」、「む」。

死ぬ（しぬ）→死にて→死んで

呼ぶ（よぶ）→呼びて→呼んで

飲む（のむ）→飲みて→飲んで

鼻音便「ん」之後接續的「て」或「た」會變成濁音的「で」、「だ」。

③ イ音便：動詞語尾是「く」、「ぐ」，改成「て形」時就會出現「い」。

書く（かく）→書きて→書いて

泳ぐ（およぐ）→およぎて→泳いで

④ イ音便中有唯一一個例外，稱為「雙重音便」。

行く→いきて→いいて→行って

「行く」語尾為「く」，應屬イ音便，但變化後兩個「い」重疊，演變成促音便「行って」的形態。

☆注意！

　　許多人不知道，雖然「て形」是用來連接句子與句子、動詞與動詞，但是若「て形」後面不做接續，則會讓句子成「祈使句」。

ちょっと待って。

你等我一下。（要求對方做等待的動作）

これ見て。

你看這個。（要求對方做看的動作）

會話

A そのボールペンを貸してください。

B はい、いいですよ。どうぞ。

A 崔さんを知っていますか。

B はい、知り合いですよ。

A 夏さんは家を2軒持っているそうですよ。

B 羨ましいなぁ。私には叶わぬ夢ですね。

A あの二人、対決して井上さんが負けたんだって？

B もしかしたら、井上さんは敢えて負けたのかもよ。

A 請借給我那一隻原子筆。

B 好，可以喔，請。

A 你認識崔先生嗎？

B 是，我認識他喔。

A 聽說夏先生擁有兩間房子呢。

B 真羨慕啊，對我來說是無法實現的夢想。

A 聽說那兩個人對決之後，井上小姐輸了嗎？

B 搞不好井上小姐是故意輸掉的喔。

請參考括號內的提示，在空格中填入以下動詞的變化形態。

1. 救う（＋ない）：_____

2. 述べる（意量形）：_____

3. 来る（命令形）：_____

4. 歩く（＋ば）：_____

5. 急ぐ（＋ます）：_____

6. 移す（意量形）：_____

7. あける（命令形）：_____

8. 数える（＋ば）：_____

9. 見る（＋ます）：_____

10.掃除する（＋ない）：_____

15 連體形

「考<ruby>考<rt>かんが</rt></ruby>える<ruby>人<rt>ひと</rt></ruby>」という<ruby>有名<rt>ゆうめい</rt></ruby>なブロンズ<ruby>像<rt>ぞう</rt></ruby>がある。
有「沉思者」這個有名的銅像。

<ruby>食<rt>しょく</rt></ruby><ruby>事<rt>じ</rt></ruby><ruby>前<rt>まえ</rt></ruby>にちゃんと<ruby>手<rt>て</rt></ruby>を<ruby>洗<rt>あら</rt></ruby>う<ruby>人<rt>ひと</rt></ruby>は<ruby>約半分<rt>やくはんぶん</rt></ruby>くらい。
吃飯前會洗手的人差不多佔一半。

<ruby>寝<rt>ね</rt></ruby>る<ruby>子<rt>こ</rt></ruby>は<ruby>育<rt>そだ</rt></ruby>つ。
愛睡的小孩長得快。（日語諺語）

<ruby>飛<rt>と</rt></ruby>ぶ<ruby>鳥<rt>とり</rt></ruby>を<ruby>落<rt>お</rt></ruby>とす<ruby>勢<rt>いきお</rt></ruby>いだ。
其威勢簡直能打落飛鳥。（日語諺語）

文法重點

　　「動詞連體形」用以連接「體言」，而體言就是名詞或代名詞，變化方式和終止形相同，也就是動詞的「原形」。意思為「～的～」。

動詞連體形的變化方式每種動詞都一樣，如下：

五段活用動詞：動詞原形＋名詞或代名詞

例：話す→話す＋人

上、下一段活用動詞：動詞原形＋名詞或代名詞

例：起きる→起きる＋人

カ行變格活用動詞：動詞原形＋名詞或代名詞

例：来る→来る＋人

サ行變格活用動詞：動詞原形＋名詞或代名詞

例：する→する＋人

會話

A あの人はいつもトイレを流さないよね。
A 那個人每次都不沖馬桶。

B そんなことする人とは友達になれないね。
B 沒辦法跟會做那種事的人做朋友。

A 日本には「捨てる神あれば拾う神あり」、ということわざがある。
A 日本有「有丟的神，也有會撿的神」這樣的諺語。

B 冷たい人もいれば親切な人もいるから、悪いことが起きても絶望しなくていい、という意味だね。
B 意思是有冷淡的人也有親切的人，所以碰到壞事也不要絕望。

A あのいつも窓側で本を読んでる女の子、かわいいよね。
A 那個常在窗戶旁讀書的女孩，很可愛呢。

B そういうのがタイプなのね。
B 你喜歡那種類型的啊。

A 少年漫画の戦う少年少女はいいよね。
A 少年漫畫中奮戰的少年少女很棒呢。

B 大人は何してるの？と聞きたくなるけど無粋だね。
B 大人雖然會想問（動漫人物）是在幹嘛啊？但這樣太不識趣了對吧。

請將以下的中文句子翻譯成日文。

1. 他不是會做那種事的人。

   _____

2. 天上飛的鳥、地上走的人、水裡游的魚。

   _____

3. 這不是我想要的結果。（結果＝結果^{けっか}）

   _____

4. 在那裏跑步的人就是山田先生。（跑步＝走^{はし}ってる、山田先生＝山田^{やまだ}さん）

   _____

16 假定形

いたずらばかりして**たら**お父さんに怒られるよ。

一直惡作劇的話會被爸爸罵喔。

子どもはお正月になれ**ば**お年玉が貰える。

小孩子到了新年會有紅包領。

話題の映画見に行っ**たら**感動して泣いてしまった。

去看了現在熱門的電影，結果感動到哭出來了。

エアコンの掃除をずっとサボって**たら**、かなり汚くなってしまった。

一直偷懶不清掃冷氣，結果變得非常的髒。

文法重點

1. 動詞假定形「ば」形

變化方式如下：

五段活用動詞：動詞語尾的「ウ段音」改為「エ段音」＋ば

例：話す→話せ＋ば

上、下一段活用動詞：動詞語尾的「る」改成「れ」＋ば

例：起きる→起きれ＋ば

カ行變格活用動詞：特殊變化，請看下例，注意「来」的發音變化

例：来る→来れば

サ行變格活用動詞：特殊變化，請看下例

例：する→すれば

一、表示兩個事物或事物之間必然的因果關係。諺語、格言常常會用此文法。

強い風が吹けば、葉っぱが落ちます。

強風一吹，樹葉就會飄落。

塵も積もれば山となる。

積少成多。

二、表示尋求指示

どうすれば、日本語を上達させることができますか。

要怎麼做才能讓日文變好呢？

原稿は、何日までに出せばいいですか。

稿子要幾號之前提交呢？

2. 動詞假定形「たら」

「たら」為動詞第二變化，會有音便。變化方式只要在動詞的「た形」之後加上「ら」即可。「動詞た形」請參考單元13。

一、表示假定條件

もし具合が悪かったら、無理しなくてもいいですよ。

如果身體不舒服的話，就不用勉強喔。

台湾でオートバイがなかったら、相当不便です。

在台灣沒有機車的話，相當不方便。

二、表示某動作、作用實現之後

仕事が終わったら、私のところに来てください。

工作結束了之後，請到我這邊來。

お酒を飲んだら、すぐ顔が赤くなります。

如果喝了酒，臉馬上就會變紅。

會話

A あの店、この不況に値上げしたら、お客さんがめっきり少なくなったね。

A 那家店，在這個景氣不好的時候又漲價，結果客人變得很冷清喔。

B そりゃそうでしょ。

B 那是當然的呀。

A 少しでも気が緩んだら、ビシッと説教をするから覚悟しといて。

A 只要你一鬆懈下來就會好好教訓你一頓，你要有心理準備。

B は、はい！

B 是！

A そういえば、後藤さんに渡す物があったんじゃないの？彼もう帰国しちゃったけど。

A 話說回來，你不是有東西要拿給後藤先生嗎？雖然他已經回國了。

B あ、そうだった！まぁどうせ日本に行けばまた会えるし、いっか。

B 啊，對耶！反正去日本還可以再見面，算了。

A 今日、会社に行く途中で一万円拾っちゃった。

A 今天上班的途中撿到一萬日圓耶。

B 「犬も歩けば棒に当たる」だね。

B 「狗走路也會撞到棒子」呢。（指出外有時會碰到好運氣之意的諺語）

参考例子，完成句子。

例：すぐに風邪が治らない／薬を飲んだ方がいい

　すぐに風邪が治らなければ、薬を飲んだ方がいい。

1. 日本では、16歳にならない／バイクの運転ができない

　　_____

2. 時間を有効に使わない／後で後悔することになる

　　_____

3. 次の試合で勝たない／優勝できない

　　_____

4. 焼き魚に醤油をつけない／美味しくない

　　_____

5. これ以上人が増えない／応募を締め切ろう

　　_____

JG17.mp3

と
止まれ！
停！

はや   に
早く逃げろ！
快點逃！

い   がん ば
行け！頑張れ！
去吧！加油啊！

もの   お
物をそこに置くな。
不要給我把東西放在那邊。

文 法 重 點

　　命令形表示的是強烈命令的語氣，常譯為「給我...」，多為男性使用，女性使用會給人中性的印象；此外，亦使用於交通號誌、道路的警告標語、緊急狀況、加油打氣等。

命令形的變化方式如下：

五段活用動詞：將動詞語尾ウ段音改為「エ段音」
例：話す→話せ

上、下一段活用動詞：將動詞語尾改為「ろ」
例：起きる→起きろ

カ行變格活用動詞：特殊變化，請看下例，注意「来」的發音變化
例：来る→来い

サ行變格活用動詞：特殊變化，請看下例
例：する→しろ

☆注意！

若要表達否定的命令，表「不要～...」的話，文法為「動詞終止形＋な」

そこで走れ！
給我在那邊跑步！
そこで走るな！
不要給我在那裡跑步！

會話

A このミスもう三回目だぞ。ちゃんと気を付けろ。

B すみません。気を付けます。

A 『それいけ！アンパンマン』だ。今でも人気なのがすごいね。

B 私も子供の頃はよく見てたなぁ。

A 這個失誤已經是第三遍了喔，給我注意點。

B 對不起，我會注意的。

A 是『上啊！麵包超人』耶。現在也這麼受歡迎真是厲害。

B 我小時候也很常看呢。

A あーあ、何してもダメだ。全部うまくいかない。

A 唉，不管做什麼都不行。諸事不順。

B 世界の終わりじゃあるまいし、元気出せよ。

B 又不是世界末日，你就打起精神來吧。

A 言っていることは本当か？俺を騙すなよ。

A 你説的事情是真的嗎？不要騙我喔。

B 本当だってば！

B 是真的啦！

課後練習

請將以下句子改寫成「命令形」。

1. 頭が良くなるから、この本を読む。

   _____

2. 後でチェックするから、早く書く。

   _____

3. うるさいから、音楽のボリュームを下げる。

   _____

4. 間違いのないように、もう一回確認する。

   _____

⑱ 意量形

来年また一緒に遊びに**来ようね**。
<small>らいねん　　　　　いっしょ　あそ　　　　き</small>

明年要再一起來玩喔。

仕事終わりに、一緒にご飯に**いきましょう**。
<small>しごと　お　　　　いっしょ　　　はん</small>

下班後，一起去吃飯吧。

これから気を**つけよう**。
<small>き</small>

從今以後要注意才行。

そうだ、お見舞いに**行こう**。
<small>み　ま　　い</small>

對了，去探病吧。

文法重點

「動詞意量形」為表示意志、呼籲之意。意思為「一起～吧」，「ましょう」為敬體。

動詞意量形的變化方式如下：

五段活用動詞：動詞語尾的「ウ段音」改為「オ段音」＋う
例：話す→話そ＋う

上、下一段活用動詞：動詞語尾的「る」改成「よう」
例：起きる→起きよう

カ行變格活用動詞：特殊變化，請看下例，注意「来」的發音變化
例：来る→来よう

サ行變格活用動詞：特殊變化，請看下例
例：する→しよう

會話

A 来年、パリに行こうと思うんだ。

A 明年，我打算去巴黎。

B 本当？私もついて行ってもいいかな？

B 真的嗎？那我也可以跟過去嗎？

A 暗くなって来たし、そろそろ帰ろうか。

A 天色也逐漸暗了，差不多來回家吧。

B そうだね。日が暮れる前に帰ろう。

B 對呀。在天色完全暗下來前回家吧。

A 海外の人に宅急便を送ろうと思っています。

A 我打算寄宅急便給國外的人。

B じゃあ日持ちしないものは避けた方がいいかもしれませんね。

B 那或許避開保存期限短的東西較好喔。

A 今晩は焼き餃子を作ろうと思ってるの。

A 今晚我打算做煎餃。

B いいね。久しぶりで懐かしいよ。

B 好耶。很久沒有吃了很懷念。

請將以下句子改寫成「意量形」。

1. 自転車（じてんしゃ）はきちんと 駐輪場（ちゅうりんじょう）に止（と）める。

———————————————————

2. 先（さき）に店（みせ）に入（はい）る。

———————————————————

3. 友達（ともだち）が来（く）る前（まえ）に、部屋（へや）を掃除（そうじ）しておく。

———————————————————

4. 道（みち）を渡（わた）るときは、車（くるま）に気（き）をつける。

———————————————————

5. 姐（あね）がスーパーに行（い）く時（とき）、子供（こども）を預（あず）かってあげる。

———————————————————

19 自動詞 & 他動詞

　　動詞可分為「他動詞」與「自動詞」。「他動詞」即所謂的「及物動詞」，需要受詞（動作目的物）才能作用的動詞。

水 を 飲む
受詞 + 助詞 + 他動詞
喝水（水被喝）

窓 を 開ける
受詞 + 助詞 + 他動詞
開窗（窗被開）

テレビ を 見る
受詞 + 助詞 + 他動詞
看電視（電視被看）

　　「自動詞」即所謂的「不及物動詞」，不需受詞，由物體自行進行該動作，沒有人的意志存在的動詞。

子供 が 泣く
主詞 + 助詞 + 自動詞
小孩子哭

花 が 咲く
主詞 + 助詞 + 自動詞
花開

犬 が いる
主詞 + 助詞 + 自動詞
狗在（某地點）

通常自動詞助詞用「が」，而他動詞助詞用「を」。但也有例外需要注意，表「離開、經過、移動」的自動詞，仍然要用助詞「を」。

店 を 出る
受詞 + 助詞 + 自動詞
離開店面

横断歩道 を 渡る
受詞 + 助詞 + 自動詞
過馬路

空 を 飛ぶ
受詞 + 助詞 + 自動詞
在天空飛

日語動詞中，大部分的只有一種意義的動詞會分為自動詞與他動詞兩種，雙雙對對成不同形，但也有動詞屬純自動詞、純他動詞、自動詞與他動詞成同形的情況。

一、自動詞與他動詞成對不同形

自動詞	中文翻譯	他動詞	中文翻譯
ドアが開きます	門開	ドアを開けます	開門
ドアが閉まります	門關	ドアを閉めます	關門
猫が出ます	貓出來	猫を出します	放貓出來
車が動きます	車動	車を動かします	開動車
バイクが止まります	機車停	バイクを止めます	停下機車
電気がつきます	電燈開	電気をつけます	開電燈
電気が消えます	電燈關	電気を消します	關電燈
予定が変ります	預定變	予定を変えます	更改預定
病気が治ります	病治好	病気を治します	治病
授業が始まります	課開始	授業を始めます	開始上課

二、純自動詞（無他動詞）

純自動詞	中文翻譯
公園に行く	去公園
お菓子がある	有餅乾
親戚が来る	親戚過來
ペットが死ぬ	寵物死亡
顔が痩せる	臉變瘦

三、純他動詞（無自動詞）

純他動詞	中文翻譯
本を読む	看書
焼肉を食べる	吃燒烤
化粧品を買う	買化妝品
洋服を着る	穿衣服
タクシーを呼ぶ	叫計程車

四、自動詞與他動詞一模一樣

自動詞		他動詞	
日本チームが負ける	日本隊輸	金を負ける	輸錢
大人が楽しむゲーム	大人享受的遊戲	人生を楽しむ方法	享受人生的方法
女性が受ける理由	受女性歡迎的理由	評価を受ける人	受評價的人
風が吹く	風吹	蝋燭を吹く	吹蠟燭
赤ちゃんが笑う	嬰兒笑	赤ちゃんを笑う	笑嬰兒

五、容易犯錯的例子

× 不正確的表現	○ 正確的表現	中文翻譯
彼は人形を集まっている	彼は人形を集めている	他在收集娃娃
彼は熱で倒しました	彼は熱で倒れました	他因為發燒倒下了
パソコンが壊しています	パソコンが壊れています	電腦壞了
もう映画が始めています	もう映画が始まっています	電影已經開始了

會話

A あれ？クーラーの温度が勝手に上がってるよ。

A 咦？冷氣的溫度怎麼自己上升了。

B おかしいな？どうりで暑いわけ。もうちょっと温度下げて。

B 奇怪耶？怪不得這麼熱，你把再溫度調降一點吧。

A あの角にかっこいい車が止まってるよ。

A 那個街角停著一台帥氣的車子耶。

B 隣に止めてある車もかっこいいね。

B 停在它旁邊的車子也很帥氣耶。

A ドアが開いてるよ。

A 門是開著的耶。

B 開けた覚えはないけど、誰が開けたんだろう？

B 我不記得我有開耶，是誰開的呢？

A ねぇ、私のカメラ壊したでしょ？

A 喂，你把我的相機給弄壞了吧？

B 壊したんじゃない、壊れたの！

B 不是弄壞，是它自己壞掉的！

請圈出正確的動詞。

1. 壁にいた蚊を叩いたら、壁が＿＿＿＿＿＿（汚した／汚れた）。

2. ＿＿＿＿＿＿（落とし／落ち）そうになったお皿を、キャッチした。

3. つま先立ちで手を＿＿＿＿＿＿（伸ばし／伸び）たら、商品に手が届いた。

4. 黒板消しで、黒板の字を＿＿＿＿＿＿（消す／消える）。

5. 大好きな吹奏楽部に＿＿＿＿＿＿（入れ／入り）たい。

6. 自分のジュースに印を＿＿＿＿＿＿（つけ／つい）て冷蔵庫に入れた。

7. 洗濯機が動かない。＿＿＿＿＿＿（壊した／壊れた）のかな？

8. 銀行に行って、お金を＿＿＿＿＿＿（出る／出す）。

9. 私は手を挙げて、タクシーを＿＿＿＿＿＿（止め／止まり）ました。

10.風でドアが＿＿＿＿＿＿（開け／開き）ました。

斎藤さんは、沈さんに差し入れを**あげました**。
齊藤先生給沈小姐慰勞物。

彼女に好きな物を買って**あげる**。
買喜歡的東西給她。

母がお弁当を作って**くれました**。
媽媽做了便當給我。

とっておきのコレクションを見せて**あげる**。
給你看我很特別的收藏品喔。

文法重點

「あげる」、「くれる」皆為給予之意，而「もらう」指得到。日文裡，有「あげる」、「くれる」、「もらう」這些動詞來表示物品或權力授受之方向表現，又稱為「授受表現」，而要選擇使用哪一種授受動詞的時候，必須考慮授與者與收受者的人際關係。

認識授受動詞：

我給某人 某人給某人		某人給我		從某人那得到	
あげる 差し上げる	給 給（敬語）	くれる くださる	給我 給我（敬語）	もらう いただく	收到 收到（敬語）
～てあげる	給（動作）	～てくれる	給我（動作）	～てもらう	收到（動作）
～て差し上げる	給（動作）	～てくださる	給我（動作）	～ていただく	收到（動作）

一、あげる

① 「あげる」物品、所有權的授受

以授與者為主體，亦即第一人稱給第二或第三人稱、第二人稱給第三人稱、第三人稱給第三人稱時使用「あげる」。

基本句型：授與者が／は＋收受者に＋名詞を＋あげる

私 は青野さんにギターをあげました。

我給了青野小姐吉他。

② 「～てあげる」動作行為的授受

意義為「（我）幫（誰）做某動作」，語意中帶有給予他人恩惠的表現。因此在幫助他人時最好別對著被幫助者頻繁使用這個文法，可能會讓被幫助者感到壓力。

私 は阿部さんに水を買ってきてあげました。

我幫阿部先生買了水給他。

二、くれる

　①「くれる」物品、所有權的授受

　以授與者為主體，亦即第二、第三人稱給第一人稱，或是第三人稱給第二人稱時會使用「くれる」。主詞一定是「授與者（別人）」，不會是「收受者（我）」請特別注意。

　　（○）彼女は私にクリスマスカードをくれました。

　她給了我聖誕節卡片。

　　（×）私は彼女にクリスマスカードをくれました。

　給予者（主詞）變成第一人稱，用法不通，無法翻譯。

基本句型：授與者が／は＋收受者に＋名詞を＋くれる

　　安田さんは私に綿飴をくれました。

　安田小姐給了我棉花糖。

　②「～てくれる」動作行為的授受

　意義為「對方幫我～；對方為我～」，和一般句子的差別在於，此句型帶有感謝之心，也就是「受到恩惠」的表現，特別想表達感謝之意會使用。

　　友達が自分の誕生日を祝ってくれた。

　朋友幫我慶祝我的生日。

☆注意！

　「くれる」的接受方為「我，或是我們這一邊的人、與第一人稱較親近的人」；「もらう」的接受方可以是任何對象。

三、もらう

① 「もらう」物品、所有權的授受
以收受者為主體，使用「もらう」。

基本句型：主詞が／は＋受詞に／から＋名詞を＋もらう
主詞為收受物品者，受詞為授予物品者。

吉岡先生から、年賀状をもらいました。
我從吉岡老師那邊，得到了賀年卡。

② 「～てもらう」動作行為的授受
在欲表示「我方從他人那裡得到～」時使用。給予方（他人）必須用助詞「に」來接續。

基本句型：主詞が／は＋受詞に＋名詞を＋動詞連用形（第二變化）＋てもらう
以上的句型和許多其他的日語句型一樣，視情況可以把主詞省略掉。

親戚に子供を見てもらう。
請親戚幫忙帶孩子。

會話

A なぁなぁ、早く聞いてくれよ。

A 喂喂，你趕快聽我說。

B 分かった。分かった。事情は聞いてあげるから、そう焦らないで。

B 知道了知道了，我會聽你講述不要這麼著急。

A 思い切り殴ってくれたおかげで目が覚めたよ。

A 多虧你狠狠地揍我一拳，我清醒了。

B ちゃんと手加減はしてたよ。

B 我還是有控制好力道喔。

A これ、いらないからあげる。

A 這個我不要，給你吧。

B えー？いらないからくれるの？

B 蛤？你不要所以才要給我喔？

A 一々説明してもらって申し訳ないね。

A 真不好意思麻煩你一一為我說明。

B ううん。これぐらいお安い御用だよ。

B 不，這丁點事小事一樁啦。

一、請將以下的日文句子翻譯成中文。

1. 兄は記念日には、いつも恋人にプレゼントをあげています。

_____

2. その荷物、長谷川さんに届けてあげようか？

_____

3. 知らない人が名刺をくれた。

_____

4. 高橋さんが妹にヘアゴムをくれた。

_____

5. 私は黎さんに夏目さんを紹介してもらった。

_____

二、請將以下的中文句子翻譯成日文。

1. 我教秦小姐三味線。（三味線＝三味線<ruby>しゃ<rt></rt></ruby>）

   _____

2. 同班同學幫我介紹了打工。（打工＝バイト）

   _____

3. 這裡的字錯了喔。請平田小姐幫你修正吧。

   _____

4. 要我教你這個漢字的讀音嗎？（讀音＝読み方）

   _____

5. 平田小姐她幫忙了我的工作。

   _____

21 使役動詞 させる

JG21.mp3

スタッフにお辞儀させる。
讓工作人員敬禮。

子供にタバコを吸わせない。
不讓小朋友抽煙。

嫌がる子供を強引に歯を磨かせた。
強迫了討厭刷牙的的小孩刷牙。

赤ちゃんを寝かせるまで、静かに遊んでいなさい。
在讓寶寶睡著之前，你就安靜地玩吧。

文法重點

　　日語中，命令或要求對方實行某行為的表現稱為「使役表現」。一般可分為強制、許可及誘發等狀況。

使役形的變化方式如下：

五段活用動詞：第一變化＋せる，例：話す→話さ＋せる

上、下一段活用動詞：第一變化＋させる，例：起きる→起き＋させる

カ行、サ行變格活用動詞：第一變化＋させる，例：来る→来＋させる，

◇ 可參考單元11、P37～39的動詞變化表格。

使役形的基本句型：

動詞為自動詞：主詞が／は＋受詞を＋自動詞＋せる／させる

動詞為他動詞：主詞が／は＋受詞に＋名詞を他動詞＋せる／させる

使役形用法示範：

一、強迫某人（動物）做某事

姉は犬を椅子に座らせました。

姊姊讓狗坐在椅子上。

母は子供にパクチーを食べさせました。

媽媽讓小孩子吃香菜。

二、許可、允許某人做某事

先生は園児を体育館で遊ばせました。

老師讓幼稚園小朋友在體育館玩耍。

両親は妹をベトナムに留学させました。

父母親讓妹妹去越南留學。

三、引發、誘使某人的精神或心理活動

彼は酷い暴言を吐いて、彼女を泣かせました。

他口出惡言，讓女朋友哭泣了。

突然大きな物音がして、その場の全員を驚かせました。

突然有很大的聲響，讓全場人都嚇到了。

會 話

A お待たせ！こんなに待たせちゃってごめんね。

B さっきそこでぶらぶらしてたから大丈夫だよ。じゃあ行こっか。

A 樋口さんって、本当に人を笑わせるのがうまいよね。

B あの人はムードメーカーだからね。樋口さんがいてくれると何かと助かるよ。

A 昔はやんちゃばかりしていて、よく両親を心配させたもんだなぁ。

B えー？本当？今の松浦の感じじゃ全然分からないよ。

A 昨日テストで満点を取れて、両親をびっくりさせたよ。

B そのついでに何かおねだりしちゃったりして。

A 久等了！對不起讓你等這麼久。

B 我剛才在那邊晃晃所以沒關係啦。那我們走吧。

A 樋口小姐他真的很會逗人發笑耶。

B 他是開心果嘛。只要樋口小姐在就會幫大忙，很讓人放心。

A 我以前年少輕狂，常常讓父母親擔心呢。

B 咦？真的嗎？從現在的松浦你來看，真的完全感覺不出來耶。

A 昨天考試考了一百分，讓爸媽嚇一跳耶。

B 那搞不好順勢可以求他們買些什麼（犒賞）囉。

請將動詞改成適當的使役形填入括弧內。

1. 生徒に絵を＿＿＿＿＿＿＿（書く）。

2. シンガーソングライターに歌を＿＿＿＿＿＿＿（歌う）。

3. 学生に言葉の意味を＿＿＿＿＿＿＿（調べる）。

4. ＿＿＿＿＿＿＿（運動する）ば、元気になる。

5. 子供には、もっと苦労を＿＿＿＿＿＿＿（する）ろ。

6. 林さんを早く＿＿＿＿＿＿＿（来る）ことができますか。

7. 子供を道路で＿＿＿＿＿＿＿（遊ぶ）こと。

8. 面白い本を＿＿＿＿＿＿＿（読む）た。

9. 乱暴な運転を＿＿＿＿＿＿＿（止める）る。

10. 生徒たちに文法をよく＿＿＿＿＿＿＿（理解する）なければならない。

22 被動形 られる

わたし いぬ か
私 は犬に**噛まれました**。

我被狗咬了。

みちばた むかし どうきゅうせい はな
道端で昔の同級生に**話しかけられました**。

在路邊被以前的同學搭話。

きんねん さ ぎ でん わ だま かね と あんけん おお
近年、詐欺電話に**騙されて金取られた**案件が多くなった。

近幾年來，被詐欺電話騙錢的案件變得很多。

がいとう
街頭アンケートでインタビュー**されました**。

我被街頭訪問採訪了。

文 法 重 點

　　日語中，「受身（被動）表現」，是表示某人或某物承受他人動作的意思，是一種說話者的視點，關心、共鳴不在於「動作主」，而是在「受到動作影響的人或物」的表現。

　　要注意，日文中不只是他動詞，自動詞也有被動表現。

被動形的變化方式如下：

五段活用動詞：第一變化＋れる
例：<ruby>話<rt>はな</rt></ruby>す→<ruby>話<rt>はな</rt></ruby>さ＋れる

上、下一段活用動詞：第一變化＋られる
例：<ruby>起<rt>お</rt></ruby>きる→<ruby>起<rt>お</rt></ruby>き＋られる

力行變格活用動詞：第一變化＋られる
例：<ruby>来<rt>く</rt></ruby>る→<ruby>来<rt>こ</rt></ruby>＋られる

サ行變格活用動詞：第一變化＋れる
例：する→さ＋れる

◇ 可參考單元11、P37～39的動詞變化表格。

被動形（受身形）的基本句型：
主詞が／は＋受詞に／から／によって＋他動詞第一變化＋れる／られる
主詞是受到動作影響的人或物，受詞是實際動作者。

被動形（受身形）用法示範：

一、直接被動

<ruby>私<rt>わたし</rt></ruby> は<ruby>祖父母<rt>そふぼ</rt></ruby>に<ruby>育<rt>そだ</rt></ruby>てられました。
我被祖父母扶養長大。

<ruby>電車<rt>でんしゃ</rt></ruby>の<ruby>中<rt>なか</rt></ruby>で、<ruby>見知<rt>みし</rt></ruby>らぬ<ruby>人<rt>ひと</rt></ruby>に<ruby>押<rt>お</rt></ruby>されました。
在電車上，我被不認識的人推擠了。

二、非情被動：以無生物為主語，描述社會上的一般事實

かの<ruby>有名<rt>ゆうめい</rt></ruby>な<ruby>相対性理論<rt>そうたいせいりろん</rt></ruby>は、アインシュタインによって <ruby>発表<rt>はっぴょう</rt></ruby> されました。
那個有名的相對論，是由愛因斯坦所發表的。

オリンピックの開幕式（かいまくしき）は、明日（あす）行（おこな）われます。

奧林匹克的開幕典禮，在明天被舉行。

☆注意！
　「作（つく）る（做）」、「発表（はっぴょう）する（發表）」、「建（た）てる（建立）」等用以表示某產物即將誕生的動詞，句中表示動作主的格助詞用「によって（由〜）」表示。

三、間接被動：表示受害或感到困擾

基本句型：主詞が／は＋受詞に＋動詞第一變化＋れる／られる

主詞是受到動作影響的人或物（通常是說話者自己），主詞是實際動作者。

雨（あめ）に降（ふ）られて、びしょ濡（ぬ）れになってしまいました。

被雨淋得整身濕。

独（ひと）り身（み）の小池（こいけ）さんは、愛猫（あいびょう）に死（し）なれて、相当（そうとう）ショックを受けています。

單身的小池小姐的愛貓死了，承受到相當大的打擊。

會 話

A 年越（としこ）しはやっぱりどこも混雑（こんざつ）してるね。

B 本当（ほんとう）。私（わたし）なんか足（あし）を踏（ふ）まれたり、かばんを汚（よご）されたりしちゃった。

A 吉岡（よしおか）の携帯（けいたい）が誰（だれ）かに盗（ぬす）まれたみたい。

B だから言（い）ったでしょ？肌身（はだみ）離（はな）さず持（も）ち歩（ある）いて、机（つくえ）に置（お）いておかないこと。

A 昨日（きのう）、お母（かあ）さんに自分（じぶん）の漫画（まんが）を捨（す）てられて大喧嘩（おおげんか）しちゃった。

A 跨年果然哪裡都人很多呢。

B 真的呢。我還被踩鞋子又弄髒包包之類的呢。

A 吉岡的手機好像被誰給偷走了。

B 所以我不是說過了嗎？要隨身攜帶，不要放在桌子上。

A 昨天，被媽媽丟了我的漫畫而大吵一架了。

B それは酷い。家族といえども、自分のものは勝手に触られたくないよね。

A 思い切って告白したけど、彼にキッパリ断られたよ。

B すぐにいい人が現れるよ。

B 好過分喔。就算是家人，自己的東西還是不希望被擅自碰觸嘛。

A 我鼓起勇氣告白了，但被他直接了當地拒絕了。

B 好對象很快就會出現的。

課後練習

將以下句子按照範例做適當的改寫。

（例）犬／優しい人／拾った

犬は優しい人に拾われました。

1. 日本のアニメやサブカルチャー／世界中の人／愛している

_____

2. 王さん／みんな／好き

_____

3. 子供／大人／守っている

_____

JG30.mp3

部長のミスなのに、松井さんのせいに**させられた**。

明明是部長的失誤，卻被算在松井先生的頭上。

風邪になってしまって苦い薬を**飲まされた**。

感冒了，被迫吃苦藥。

週末なのに、社長に会社に**来させられました**。

明明是週末，卻被社長叫來公司。

夏美ちゃんは毎日自分の部屋の掃除を**させられる**。

夏美每天都會被要求打掃自己的房間。

文法重點

　　被迫使做某動作的表現稱為「使役受身（被動）表現」，又稱「受身形」。強迫行為者會用「に」來表示。

使役被動（受身形）的變化方式如下：

五段活用動詞：第一變化＋せられる

例：話す→話さ＋せられる

上、下一段活用動詞：第一變化＋させられる

例：起きる→起き＋させられる

カ行、サ行變格活用動詞：第一變化＋させられる

例：来る→来＋させられる

◇ 可參考單元11、P37～39的動詞變化表格。

使役被動型（受身形）

基本句型：主詞が／は＋受詞に＋動詞第一變化＋させられる

主詞為被迫者，受詞為強迫行為者。

使役被動（受身形）用法示範：

一、被某人強迫、強制做某事（表示不愉快的心情）

　　フルーツぐらい食べなきゃダメだよと言われ、食べさせられた。
　　被說至少水果要吃才行，就被迫吃下了。

　　同僚に飲みに付き合わされた。
　　被同事被迫陪他們去喝酒。

二、因為別人的行為，而產生某種無法抑制的情感

　　上司に叱られて、反省させられた。
　　被上司責罵，讓我反省了。

　　突然の大きな物音に、その場の全員が驚かされました。
　　突然有很大的聲響，讓全場人都嚇到了。

會 話

A 子供の頃、うちの母に強制的にジャニーズに応募させられたよ。

A 以前小時候，被我媽媽強迫報名傑尼斯呢。

B で、受かってないんだ。

B 然後你沒有被錄取啊。

A 糖尿病で、お医者さんに甘い物をやめさせられたよ。

A 因為糖尿病，被醫師禁止甜食了。

B 関根さんは甘党なのに、辛いでしょう。

B 關根小姐你那麼愛吃甜食，很痛苦吧。

A この書類、チーフに訂正させられたんだけど、どう思う？

A 這個文件，被主管被迫訂正了，你覺得如何？

B うん。もう訂正のしようがないし、これでいいんじゃない？

B 嗯。也已經沒得訂正了，這樣就可以了吧？

A 週末の高速道路には、うんざりさせられるよ。

A 週末的高速公路，真是令人厭煩。

B かと言って平日は遊びに行けないし、しょうがないよね。

B 話雖如此，平日又不能夠出去玩，也沒辦法了。

一、請將括弧內「動詞」改寫成「使役被動形態」填入空格。

1. 子供の時、嫌いな食べ物を＿＿＿＿＿＿＿（食べる）たことがありますか。

2. 子供たちにはいつも＿＿＿＿＿＿＿（心配する）ます。

3. 私は客に重い荷物を＿＿＿＿＿＿＿（持つ）ました。

4. 子供の頃、私はよく兄に＿＿＿＿＿＿＿（泣く）ました。

5. 私は自動車学校の先生に何回も＿＿＿＿＿＿＿（練習する）ました。

二、從下列選項①～④中，選出意思最相近的答案填入空格。

1. （＿＿）この建築物は、だいたい50年前に建てられました。

①この建築物は50年くらい前にできました。

②この建築物はまだ建てられていません。

③この建築物を建てるのは難しいです。

④この建築物はだいたいできました。

第4章

時態一秒憧

^ほ
欲しいのはこれじゃないです。
想要的不是這個。

^{わたし} ^{あたま} ^{いた}
私 は頭が痛いです。
我頭很痛。

^{かのじょ} ^{ど りょく か}
彼女は努 力 家です。
她是很努力勤奮的人。

文法重點

　　「です」為斷定助動詞，文體為敬體，用於名詞與形容詞後，即表示「尊敬」與長輩、地位較高者、沒有那麼熟悉的人交談時，或是在正式、公共的場合會用到。中文常解釋為「～是～」，為肯定表現。

　　而「です」的否定形有4種表現：「じゃないです」、「じゃありません」、「ではないです」、「ではありません」，中文常解釋為「～不是～」。

　　4種表現方式意義上沒有差別，但「では」偏向鄭重表現，則「じゃ」偏向口語表現。（常體表現與形容動詞一模一樣，請參考「單元30.形容動詞現在式語尾　だ／じゃない」）

會話

A 今日は金曜日ですか。

B いいえ、今日は金曜日じゃないです。木曜日ですよ。

A これは新しい車ですか。

B いいえ。新しい車じゃないです。去年買いました。

A 昨日来たお客さんは土屋さんですか。

B はい、そうですよ。土屋さんです。

A この作品は安藤さんのですか。

B はい、これは私の作品です。

A 今天是星期五嗎？

B 不，今天不是星期五喔，是星期四。

A 這是新的車子嗎。

B 不，不是新的車子，是去年買的。

A 昨天來的客人是土屋先生嗎？

B 是，沒錯，是土屋先生。

A 這個作品是安藤先生你的嗎？

B 是，這是我的作品。

課後練習

請依照圖片，利用句型填空。

1. この手帳は遠藤さんのですか。

＿＿＿＿＿＿＿＿＿ （はい／いいえ） ＿＿＿＿＿＿＿＿＿

2. かりんちゃんは7歳ですか。

＿＿＿＿＿＿＿＿＿ （はい／いいえ） ＿＿＿＿＿＿＿＿＿

3. 今日も雨降ってますか。

＿＿＿＿＿＿＿＿＿ （はい／いいえ） ＿＿＿＿＿＿＿＿＿

彼は医者でした。
他曾經是醫師。

答えは A じゃありませんでした。
原來答案不是 A。

彼女は研究員じゃありませんでした。
她以前不是研究員。

彼は私の彼氏でした。
他以前是我的男朋友。

文法重點

　　「でした」為「です」的過去式，中文常解釋為「～曾經是～」，為肯定表現。而「でした」否定形有4種表現：「じゃありませんでした」、「ではありませんでした」、「じゃなかったです」、「ではなかったです」，中文解釋為「～以前不是～」。

　　4種表現方式意義上沒有差別，但「では」偏向鄭重表現，則「じゃ」偏向口語表現。（常體表現與形容動詞一模一樣，請參考「單元31.形容動詞過去式語尾 だった／じゃなかった」）。

☆注意！

　　在日語文法上，若原先誤以為是「某名詞」，但事實上卻不然的情況下會使用過去式來表現「原來」、「誤會」的情感喔！

　　上述最後一個例子「答えはＡじゃありませんでした（原來答案不是Ａ）」可以解釋為有「原來」的涵意，表示過去時間有認知上的誤會，可能以為答案是其他選項的「Ｂ、Ｃ、Ｄ」。當然，要解釋做「過去時間點答案不是Ａ的事實」也可以，會有兩種解讀方式，要依據上下文及情況來做判斷。在日常生活上日語常常使用「喧嘩ではありませんでした（原來不是在吵架）」、「夢じゃなかったです（原來不是夢）」等等。

會話

A　この前 張 さんが買ったバッグ、いくらでしたか。

B　２千元でしたよ。

A　大学を出た後、就 職 はどうしましたか。

B　セールスマンになりました。と言っても短期間でしたよ。今は無 職 です。

A　あのコップを割ったのは佐々木さんですよね？

B　いいえ、佐々木さんではありませんでした。他の人みたいです。

A　すみません、財布はこっちにありました。

B　やっぱりここじゃなかったんですね。見つかってよかったですね。

A　之前張先生你買的包包是多少錢呢？

B　兩千元喔。

A　大學畢業後，你的工作怎麼樣了呢？

B　我當了業務。話雖如此，也只不過是短期而已，現在無業。

A　打破那個杯子的人是佐佐木先生吧？

B　不，不是佐佐木先生喔，好像是其他人。

A　不好意思，我的錢包在我這邊找到了。

B　果然不在這邊啊，有找到真是太好了呢。

這些人以前的職業是做什麼呢？請看圖將圈選答案，並在空格中完成句子。

山下さん	松本さん	坂井さん	岸田さん	細谷さん

各種職業：

フリーター　飛特族　　　　　配送員　送貨員

カメラマン　攝影師　　　　　農家　農夫/婦

料理人　廚師　　　　　　　　大工　工人

教師　老師　　　　　　　　　整備士　整備師

例：A　細谷さんは、飛行士でしたか。

　　B　（はい／いいえ）、飛行士ではありませんでした。整備士です。

1. A　山下さんは、フリーターでしたか。

   B　（はい／いいえ）_____

2. A　松本さんはカメラマンでしたか。

   B　（はい／いいえ）_____

3. A　坂井さんは教師でしたか。

   B　（はい／いいえ）_____

4. A　岸田さんは大工でしたか。

   B　（はい／いいえ）_____

5. A　誰が整備士でしたか。

   B　_____

<ruby>朝<rt>あさ</rt></ruby>８<ruby>時<rt>じ</rt></ruby>に<ruby>起<rt>お</rt></ruby>きます。

早上８點起床。

エアコンは<ruby>毎日掃除<rt>まいにちそうじ</rt></ruby>してません。

冷氣不會每天打掃。

<ruby>放課後<rt>ほうかご</rt></ruby>の<ruby>図書館<rt>としょかん</rt></ruby>はいつも<ruby>私<rt>わたし</rt></ruby>しかいません。

放學後的圖書館總是只有我一個人。

<ruby>月<rt>つき</rt></ruby>に<ruby>一回外食<rt>いっかいがいしょく</rt></ruby>します。

每個月都會外食一次。

文法重點

「ます」為表尊敬的助動詞，屬於肯定表現，否定形為「ません」。使用時接續於動詞第二變化之後，屬於較禮貌的「敬體」，對於長輩、地位較高者、沒有那麼熟悉的人使用。在正式、公共的場合通常也會使用敬體，。

否定形的「ません」也可以說成「ないです」，此時前面動詞為「動詞第一變化」。

動詞現在式敬語語尾變化方式如下：

原形	現在式 常體肯定	現在式 敬體肯定	現在式 常體否定	現在式 敬體否定
食^たべる	食^たべる	食^たべます	食^たべない	食^たべません／食^たべないです
歩^{ある}く	歩^{ある}く	歩^{ある}きます	歩^{ある}かない	歩^{ある}きません／歩^{ある}かないです

會話

A あと一人^{ひとりき}来ていないね。

B 西片^{にしかた}さんは風邪^{かぜ}で来^こないと思^{おも}います。

A おかしいなぁ。大谷^{おおたに}さんが電話^{でんわ}に出^でません。

B また後^{あと}でかけてみたらどうですか。

A 「立^たち入^いり禁止^{きんし}」と書^かいてありますね。

B じゃあここは通^{とお}れませんね。回^{まわ}り道^{みち}をしましょう。

A お邪魔^{じゃま}します。

B どうぞお入^{はい}りください。

A 還有一位沒有來呢。

B 我想西片小姐因為感冒不會來了。

A 奇怪了，大谷先生不接電話。

B 那你稍後再打看看如何。

A 這裡寫著「禁止進入」呢。

B 那我們不能通過這裡呢，繞遠路吧。

A 不好意思打攪了。

B 請進。

請將以下的日文句子翻譯成中文。

1. 問題ありません。

_____

2. 毎週 火曜夜 9時にドラマを見ます。

_____

3. 一人暮らしなので、冷蔵庫には何もありません。

_____

4. おはようございます。

_____

5. すみません、明日早いのでそろそろ失礼いたします。

_____

宮城県に遊びに行って、美味しいものを沢山食べました。

去宮城縣玩，吃了很多好吃的東西。

節分は家族全員で恵方巻きを食べました。

節分時全家人一起吃了惠方卷。

彼女は最後まで僕を許してくれませんでした。

她到最後都還是不願意原諒我。

私だけ急に体調を崩して社員旅行に行けませんでした。

只有我臨時身體不適，沒能去員工旅遊。

文法重點

　　「ました」為「ます」的過去式，「ませんでした」為「ません」的過去式，皆接續於「動詞第二變化」後。文體屬於敬體，用於動詞之後，以表示「尊敬」，向長輩、地位較高者、沒有那麼熟悉的人交談時，或者在正式、公共的場合都會使用到。而否定形的「ませんでした」還可以表示成「なかったです」，此時前面動詞為「動詞第一變化」，小心很多人會說成「なかったでした」，是錯誤的。

動詞過去式敬語語尾變化方式如下：

原形	過去式 常體肯定	過去式 敬體肯定	過去式 常體否定	過去式 敬體否定
食_たべる	食_たべた	食_たべました	食_たべなかった	食_たべませんでした／ 食_たべなかったです
歩_{ある}く	歩_{ある}いた	歩_{ある}きました	歩_{ある}かなかった	歩_{ある}きませんでした／ 歩_{ある}かなかったです

會話

A　どうして彼を止めなかったんですか。 　　A　你怎麼沒有阻止他呢？

B　止めても無駄だと思いました。 　　B　我想阻止了也沒有用。

A　今年は大雪が降りましたね。 　　A　今年下大雪呢。

B　私は雪は生まれて始めて見ました。 　　B　我是生平第一次看到雪。

A　昔交通事故に遭って、怪我をしました。 　　A　我以前遭遇過車禍，受了傷。

B　それは大変でしたね。 　　B　那可真是辛苦你了。

A　楊さんはから揚げを全然食べませんでしたね。 　　A　楊先生完全沒有吃唐揚雞呢。

B　全部レモンをかけたからじゃないですか。 　　B　是不是因為全部都淋了檸檬？

請將「ます」或「ません」改成合適的時態填入空格。

1. 昨日、偶然高橋さんと会い＿＿＿＿＿＿よ。

2. 福岡が 九州 で一番大きい都市だとは知り＿＿＿＿＿＿。

3. これからも頑張り＿＿＿＿＿＿。

4. 今でも彼女は僕の 話 を信じようとし＿＿＿＿＿＿。

5. 来年 6 月に結婚し＿＿＿＿＿＿。

6. あいにく 来週 は都合がつき＿＿＿＿＿＿。

このケーキはあまり美味<ruby>しく<rt>お い</rt></ruby>ない。

這個蛋糕不太好吃。

<ruby>今<rt>いま</rt></ruby>の<ruby>景気<rt>けい き</rt></ruby>はよくない。

現在的景氣不好。

<ruby>会話<rt>かい わ</rt></ruby>の<ruby>先生<rt>せんせい</rt></ruby>は<ruby>厳<rt>きび</rt></ruby>しい。

會話老師很嚴苛。

<ruby>外<rt>そと</rt></ruby>は<ruby>寒<rt>さむ</rt></ruby>い。

外面很冷。

文法重點

イ形容詞的否定形為「去掉い＋くない」，屬於常體。

イ形容詞的連接形為「去掉い＋くて」，表示對等關係或相對因果關係的敘述。

<ruby>可愛<rt>か わい</rt></ruby>くて<ruby>安<rt>やす</rt></ruby>い。

又可愛又便宜。

イ形容詞要改成現在式肯定敬體，直接在形容詞後加上「です」即可。而現在式否定形的敬體則有兩種，「くないです」、「くありません」。

還有，表示「好、良好」意思的形容詞有兩種說法，為「良い」與「いい」。「良い」偏向鄭重表現，「いい」偏向口語表現。但是，當變成否定形的時候，只有一種說法為「よくない」，沒有「いくない」這個說法。

會話

A	うそは良くないですね。	A	説謊是不好的。
B	私 もうそつきは嫌いです。	B	我也討厭愛說謊的人。
A	相変わらず忙しいね。	A	你一如往常的忙碌呢。
B	そっちこそ。	B	你也是吧。
A	日本は夏は暑くて、冬は寒い。	A	日本的夏天很熱，冬天很冷。
B	私は日本の秋が涼しくて一番好きだな。	B	我最喜歡日本的秋天，因為很涼爽。
A	この辞書は新しくなくて、古いよ。	A	這本字典不新，很舊喔。
B	物を大事にしているんだね。新品に見えるよ。	B	你很愛惜東西呢，看起來跟全新的一樣。

請將括弧內的「イ形容詞」換成適當的形態，以常體填入下面的空格之中。

1. この木は ＿＿＿＿＿＿＿＿（大きい）、太いです。

2. 今年の夏は ＿＿＿＿＿＿＿＿（涼しい）、暑いです。

3. 父の手料理はあまり ＿＿＿＿＿＿＿＿（美味しい）。

4. 今、ゲームソフトが一番 ＿＿＿＿＿＿＿＿（ほしい）。

5. 学生寮に住んでいるから、＿＿＿＿＿＿＿＿（寂しい）。

6. 彼はいつも私に ＿＿＿＿＿＿＿＿（優しい）から、大好きです。

先月の成績が**良くなかった**。
上個月成績不好。

今日のグループワークは**楽しかった**。
今天的團隊合作很有趣。

彼女がそばにいたから、**心強かった**。
因為有她在身旁陪伴，讓我很安心。

彼は 5 年前までは**細くなかった**。
直到 5 年前，他還不瘦。

文法重點

　　イ形容詞的過去式肯定為「去掉い＋かった」，現在式否定形「くない」的過去式則是「去掉い＋かった」，而變成「くなかった」，兩者皆為常體。

會話

A 公務員みたいな安定的な職業がよかったな。

我本來希望像公務員那樣安定的職業。

B 何贅沢言ってるの。今も十分いいでしょ。

你怎麼這麼不知足，現在也已經夠好了吧。

A ずっとほしかったアクセサリーがやっと買えた！

我想要很久的飾品終於買到了！

B 努力して貯金した甲斐があったね。

不枉費你努力地存錢。

A 今学期の成績がよくなかったから、塾に行こうと思う。

因為這一學期的成績不好，所以想說去上補習班。

B 私も良くなかったから一緒に行こう。

我也不好，那我們一起去吧。

A 先週の披露宴の課長のスピーチ、珍しく長くありませんでしたね。

上週婚宴課長的致詞，難得沒有很久耶。

B 長すぎてもみんな飽きちゃいますもんね。

太久了大家也會膩的嘛。

課後練習

請將括弧內「イ形容詞」換成適當的形態，並應需要改成敬體，填入
空格。

1. 患者（かんじゃ）が ＿＿＿＿＿＿＿＿（多（おお）い）一時間（いちじかん）も待（ま）った。

2. 昨日（きのう）は寒（さむ）かったですが、一昨日（おととい）は ＿＿＿＿＿＿＿＿（寒（さむ）い）。

3. ＿＿＿＿＿＿＿＿（遅（おそ）い）ね。今朝（けさ）どうかしたんですか。

4. この映画（えいが）は ＿＿＿＿＿＿＿＿（面白（おもしろ）い）。がっかりしました。

5. 昨夜（さくや）の新宿（しんじゅく）は人（ひと）が ＿＿＿＿＿＿＿＿（少（すく）ない）ね。いつもは人（ひと）がいっぱい
いるのに。

6. みんなの励（はげ）ましがあったから、＿＿＿＿＿＿＿＿（辛（つら）い）。

<ruby>彼女<rt>かのじょ</rt></ruby>は<ruby>親切<rt>しんせつ</rt></ruby>**だ**。

她很親切。

<ruby>仕事<rt>しごと</rt></ruby>は<ruby>順調<rt>じゅんちょう</rt></ruby>**じゃない**。

工作不順利。

このスマホは<ruby>軽<rt>かる</rt></ruby>くて<ruby>便利<rt>べんり</rt></ruby>**だ**。

這個智慧型手機又輕又便利。

文法重點

「だ」為斷定助動詞，為「です」的常體，用於名詞與形容詞後。常體的「常」顧名思義為「平常」之意，用於平時和熟人談話的時候，包括家人朋友，晚輩等等。中文常解釋為「～是～」。

而「だ」的否定形有2種表現：「ではない」、「じゃない」，中文常解釋為「～不是～」。2種表現方式意義上沒有差別，但「では」偏向鄭重表現，則「じゃ」偏向口語表現。

◆補充：形容動詞的並列

形容動詞要和其他形容詞並列時在後面加上「で」即可。

<ruby>綺麗<rt>きれい</rt></ruby>で<ruby>優<rt>やさ</rt></ruby>しい
又漂亮又溫柔

「だ／じゃない」變化實例：

	現在式 常體肯定	現在式 敬體肯定	現在式 常體否定	現在式 敬體否定
名詞	学生^{がくせい}だ	学生^{がくせい}です	学生^{がくせい}ではない／ 学生^{がくせい}じゃない	学生^{がくせい}ではないです／ 学生^{がくせい}じゃないです
形容動詞	便利^{べんり}だ	便利^{べんり}です	便利^{べんり}ではない／ 便利^{べんり}じゃない	便利^{べんり}ではないです／ 便利^{べんり}じゃないです

☆注意！

　　形容動詞又稱「ナ形容詞」，與名詞的文法相同，這裡的常體「だ」、「ではない」、「じゃない」亦適用於名詞。意義上完全一樣，差別只在於禮貌的程度。（形容動詞敬體表現請參考第「單元 24 名詞敬語語尾です／じゃないです」，文法一模一樣！）

會話

A 遠距離恋愛^{えんきょりれんあい}だから色々不安^{いろいろふあん}だな。

A 因為是遠距離戀愛，有好多不安呢。

B 石塚^{いしづか}さんは凄^{すご}いよね。私^{わたし}には無理^{むり}だもん。

B 石塚先生真厲害耶，要是我就做不到。

A 李^りさんもう仕事^{しごと}終^おわったって。

A 聽說李先生已經做完工作了耶。

B さすが！あの人^{ひと}は優秀^{ゆうしゅう}だからね。

B 真不愧是他！他那個人很優秀的。

A 夕^{ゆう}べのお祭^{まつ}り、賑^{にぎ}やかで楽^{たの}しかったね。

A 昨晚的祭典，很熱鬧愉快呢。

B また行^いきたいな。毎日^{まいにち}お祭^{まつ}りだといいのに。

B 好想再去喔。若每天都是祭典那就好了。

A あーあ、また投資^{とうし}に失敗^{しっぱい}しちゃった。

A 哎呀，我又投資失敗了。

B 人生^{じんせい}は簡単^{かんたん}じゃないね。

B 人生不簡單啊。

請將括弧內「ナ形容詞」換成適當的形態，填入空格。

1. 中田さんは人参が _____（苦手）。

2. 息子はとても _____（真面目）頭もいいです。

3. 彼女は日本語は _____（上手）けど、フランス語は得意です。

4. 僕も _____（暇）から、時間がなかなか合いませんね。

5. 九份は日本でも _____（有名）。

6. 台湾は _____（安全）、治安もいいです。

彼女は元気じゃなかった。

原來她沒精神。

歩美さんはピアノが上手だった。

步美小姐以前鋼琴彈得很好。

子供の頃、歯磨きが嫌いだった。

小孩的時候討厭刷牙。

このお店、ちょっと前まではこんなに素敵じゃなかった。

這一家店，前一陣子還沒有這麼棒。

文法重點

「だった」為「だ」的過去式，中文常解釋為「～曾經是～」，為肯定表現。而「じゃなかった」否定形有2種表現：「じゃなかった」「ではなかった」中文解釋為「～以前不是～」。

2種表現方式意義上沒有差別，但「では」偏向鄭重表現，則「じゃ」偏向口語表現。

形容動詞敬體表現請參考「單元25名詞過去式敬語語尾　でした／じゃありませんでした」，文法一模一樣！

だった／じゃなかった變化範例：

	過去式 常體肯定	過去式 敬體肯定	過去式 常體否定	過去式 敬體否定
名詞	学生_{がくせい}だった	学生_{がくせい}でした	学生_{がくせい}ではなかった／ 学生_{がくせい}じゃなかった	学生_{がくせい}ではなかったです／ 学生_{がくせい}じゃなかったです
形容動詞	便利_{べんり}だった	便利_{べんり}でした	便利_{べんり}ではなかった／ 便利_{べんり}じゃなかった	便利_{べんり}ではなかったです／ 便利_{べんり}じゃなかったです

☆注意！
　　在日語文法上，若原先誤以為是「某形容詞」，但事實上卻不然的情況下會使用過去式來表現「原來」、「誤會」的情感喔！上述第一個例子「彼女_{かのじょ}は元気_{げんき}じゃなかった（原來她沒精神）」可以解釋為有「原來」的涵意，表示過去時間有認知上的誤會，可能原本以為她很有精神的，結果不然。
　　當然，這個句子要解釋做「過去時間點她不漂亮的事實」、也就是「以前她不漂亮」也可以，會有兩種解讀方式，依據上下文及情況可做判斷。

會話

A 小さい時野菜が嫌いだったけど、今は好きになってよかった。

A 雖然小時候討厭蔬菜，但慶幸現在變得喜歡了。

B 好き嫌いしないほうが体にもいいからね。

B 不要挑食也對身體比較好呢。

A このバンド、そんなに好きじゃなかったけど、今曲を聴いてみると結構いいね。

A 雖然本來沒有那麼喜歡這個樂團，但現在聽到歌曲覺得還不錯耶。

B じゃあ今度一緒にライブに行ってみようよ。

B 那下次一起去演唱會看看吧。

A 三日前、病院へおばあちゃんのお見舞いに行ったの？

A 三天前你去了醫院探奶奶的病嗎？

B うん。おばあちゃん元気だったよ。

B 對呀，奶奶很有精神喔。

A 言葉が通じない国に行ったけど、ジェスチャーで何とかなったよ。

A 我雖然去了語言不通的國家，不過靠比手畫腳解決了一切喔。

B へぇー意外と不便じゃなかったんだね。

B 哦，原來意外的沒那麼不方便。

請將括弧內「ナ形容詞」換成適當的形態，以常體填入。

1. 試_{ため}してみたものの、一ヶ月以内_{いっげついない}に 体重_{たいじゅう} を 5 キロ落_おとすなんてやっぱり ＿＿＿＿＿＿＿＿＿＿＿ （無理_{むり}）。

2. 無理_{むり}はしないから ＿＿＿＿＿＿＿＿＿（大丈夫_{だいじょうぶ}）よ。

3. 成功_{せいこう}して、努力_{どりょく} が ＿＿＿＿＿＿＿＿＿（無駄_{むだ}）ことが実感_{じっかん}できた。

4. 今_{いま}の時代_{じだい}、インターネットで何_{なん}でもできるから ＿＿＿＿＿＿＿＿＿＿（不思議_{ふしぎ}）。

5. 今_{いま}は変_{かわ}ってしまったが、 昔_{むかし} はこの先生_{せんせい}も ＿＿＿＿＿＿＿＿＿（熱心_{ねっしん}）。

6. 休日_{きゅうじつ} 、掃除洗濯_{そうじせんたく}の家事全般_{かじぜんぱん}は旦那_{だんな}が手伝_{てつだ}ってくれて ＿＿＿＿＿＿＿＿＿＿ （楽_{らく}）。

動詞進行式語尾
ています／ていません

JG32.mp3

白いTシャツをきています。

我穿著白色的T恤。

一日にコーヒーを3杯飲んでいます。

我一天喝3杯咖啡。

私は教師をしていません。

我沒有在當老師。

彼女は踊っていません。

她沒有在跳舞。

文法重點

「ています/ていません」的敬體和常體分別如下：

	現在式肯定	現在式否定
敬體	ています	ていません／ていないです
常體	ている	ていない

「ている」在日語上是非常重要的文法，因其用途極廣，一天生活會話中會使用到無數次。也因為用途非常廣的關係，掌握上有些難度，本單元將介紹「ている」的幾種基本概念，如下：

一、表示動作、作用的持續進行

等同於英文的正在進行式「ing」。

雨<ruby>雨<rt>あめ</rt></ruby>が<ruby>降<rt>ふ</rt></ruby>っています。　正下著雨。

<ruby>彼<rt>かれ</rt></ruby>は<ruby>牛乳<rt>ぎゅうにゅう</rt></ruby>を<ruby>飲<rt>の</rt></ruby>んでいます。　他正在喝牛奶。

二、表示動作、作用結果遺留下的狀態

通常為「瞬間動詞」，是指同一主語無法持續做下去的單次動作。

<ruby>虫<rt>むし</rt></ruby>が<ruby>死<rt>し</rt></ruby>んでいます。　蟲死了。

<ruby>時計<rt>とけい</rt></ruby>が<ruby>止<rt>と</rt></ruby>まっています。　鐘停了。

三、表示習慣、反覆性動作或持續中的事情

<ruby>台湾<rt>たいわん</rt></ruby>は<ruby>原付<rt>げんつき</rt></ruby>で<ruby>会社<rt>かいしゃ</rt></ruby>に<ruby>通<rt>かよ</rt></ruby>っている<ruby>人<rt>ひと</rt></ruby>が<ruby>多<rt>おお</rt></ruby>いです。

在台灣騎摩托車上班的人很多。

四、表住處、所屬、職業、身份

<ruby>貿易会社<rt>ぼうえきがいしゃ</rt></ruby>に<ruby>勤<rt>つと</rt></ruby>めています。

我在貿易公司工作。

五、表事物的性質狀態

敘述事物的外觀、性質、狀態時大多以形容詞表示，但還有「形容詞性動詞」。

<ruby>彼<rt>かれ</rt></ruby>は<ruby>堀<rt>ほり</rt></ruby>が<ruby>深<rt>ふか</rt></ruby>くてお<ruby>父<rt>とう</rt></ruby>さんに<ruby>似<rt>に</rt></ruby>ています。

他輪廓很深，很像他的父親。

<ruby>鄭<rt>てい</rt></ruby>さんは<ruby>太<rt>ふと</rt></ruby>っています。

鄭先生很胖。

另外，「ている」的句型在口語中經常省略「い」，變成「てる」，過去式「ていた」會變成「てた」。

☆注意！
　　日文若想要表達「有打算做，只是還沒有做」的動作，會用「ていない」來表示，常與「まだ」合用。

　　あの映画はまだ見ていない。　還沒有看那部電影。
　　ご飯をまだ食べていません。　還沒有吃飯。

會話

A　台北 101 は面白い形をしていますね。

B　真下から顔を上げてみると凄い迫力ですよ。

A　浴衣の着付け大丈夫？

B　今鏡見ながら着てるとこ。

A　ほら、あそこにタンポポが咲いているよ。

B　本当だ。こんなところに咲いている。

A　来年お会いできるのを楽しみにしています。

B　私も今から待ち遠しいです。

A　台北 101 的形狀好有趣喔。

B　從底下抬頭往上看，魄力十足喔。

A　你穿浴衣沒問題嗎？

B　我正在一邊看著鏡子一邊穿呢。

A　你看，那邊開了蒲公英耶。

B　真的耶。居然在這種地方開。

A　我非常期待明年能夠跟您見面。

B　我也非常迫不及待。

依提示將下列中文譯為日語。

1. 我正在學習德文。（學＝習う、德文＝ドイツ語）

　　_____

2. 那個男人正在外遇。（外遇＝浮気）

　　_____

3. 窗戶上著鎖。（窗戶＝窓、上鎖＝鍵がかかる）

　　_____

4. 羅小姐在擔心將來的事。（羅小姐＝羅さん、將來的事＝将来のこと、擔心＝心配する）

　　_____

5. 同學會老早就結束了。（同學會＝同窓会、老早＝とっくに、結束＝終わる）

　　_____

6. 嬰兒的肌膚很滑。（嬰兒＝赤ん坊、肌膚＝肌、滑＝すべすべ）

　　_____

33 動詞過去進行式語尾 ていました／ていませんでした

先日は雨が**降っていませんでした**。
せんじつ　あめ　ふ

上一次（當時）沒有下著雨。

一年前まで彼は**勉強していました**。
いちねんまえ　かれ　べんきょう

在一年之前，他還在讀書。

以前この駅からは２分おきに電車が**出ていました**。
いぜん　えき　ぷん　でんしゃ　で

以前這個車站每隔２分鐘有一班電車。

それでも彼女は**信じていませんでした**。
かのじょ　しん

儘管如此，（過去）她還是沒有相信。

文法重點

「ていました/ていませんでした」的敬體和常體分別如下：

	過去式肯定	過去式否定
敬體	ていました	ていませんでした／ていなかったです
常體	ていた	ていなかった

單元32介紹的「ています／ていません」為現在式，本單元「ていました／ていませんでした」則是同句型的過去式。

　　「ていました」可以譯為過去時間時正在做某個動作，而「ていませんでした」則可以譯為過去時間沒有正在做某個動作。

一、表示動作、作用的持續進行

　　等同於英文的「ing」正在進行式。

　　　　コートを着ていました。
　　　　（過去）穿著大衣。

　　　　高瀬さんは電話が聞こえていませんでした。
　　　　高瀬先生當時沒有聽到電話聲響。

二、表示動作、作用結果遺留下的狀態

　　通常為「瞬間動詞」，是指同一主語無法持續做下去的單次動作。

　　　　彼が向こう側に立っていました。
　　　　（過去）他正站在對面。

　　　　重要なことを忘れていました。
　　　　忘記了重要的事情。（忘記的動詞在過去時間發生，代表現在已想起來自己忘記了的事情）。

三、表示習慣、反覆性動作或持續中的事情

　　　　子供の頃は宿題をちゃんと書いていませんでした。
　　　　我小時候都沒有好好地在寫作業。

　　　　昔バイオリンをやっていました。
　　　　我以前有在彈奏小提琴。

四、表住處、所屬、職業、身份

　　　　日本へ来ても、社宅には住んでいませんでした。
　　　　即使來到了日本，也沒有住在公司的宿舍。

五、表事物的性質狀態

敘述事物的外觀、性質、狀態時大多以形容詞表示，但還有「形容詞性動詞」。

彼は思春期の頃、性格が尖っていました。

他在青少年時期時，個性很暴躁。

另外，「ている」的句型在口語中經常省略「い」，變成「てる」，過去式「ていた」會變成「てた」。

☆注意！

日文若想要敘述過去時間點所發生的事情，轉述給他人聽時經常會用「ていた」過去現在進行式來表現。

一昨日の夜、後輩と一緒に飲んでいたよ。

前天晚上，我和後輩聚在一塊兒喝了酒喔。

同僚の盧さんは「今日は行かない」と言っていたよ。

同事的盧先生說了「今天不去」喔。

會話

A お盆休みは何をしていたんだい？

A 盂蘭盆節你在做什麼呀？

B 久々に有給も使ってグアムに行ったよ。

B 久違的請了有薪假，去了關島呢。

A パンとかミルクとかを買ってきていなかったから、買いに行ってくれるかな？

A 我沒有買麵包、牛奶之類的回來，你可以幫我去買嗎？

B ああ、いいよ。どのメーカーのがいいとかある？

B 喔喔，好呀。你有什麼想要哪一家廠牌之類的嗎？

A そっちは雪が降り続いていたらしいですね。

A 聽說你那邊過去一直地在下雪喔。

B 冬が好きなので、私にとっては嬉しいですけどね。

B 因為我喜歡冬天，對我來說其實蠻開心的呢。

將下列對話中括弧的動詞，改成適當的「ている」形態填入空格。

1. A　青野さん、一昨日行った居酒屋が凄く良かったって＿＿＿＿＿＿＿＿（言う）けど、どうでした？

　　B　僕は青野さんと一緒に＿＿＿＿＿＿＿＿（行く）ので、わからないです。

2. A　腹が＿＿＿＿＿＿＿＿（減る）のかい？

　　B　うん。いつも朝ごはんは沢山＿＿＿＿＿＿＿＿（食べる）から、この時間帯はまだお腹が空かないの。

3. A　幼い頃からCAに＿＿＿＿＿＿＿＿（憧れ）ので、自分の夢を実現させたいです。

　　B　無事試験に合格できるよう、＿＿＿＿＿＿＿＿（祈る）ます。

4. A　レポートの第三行目、字が＿＿＿＿＿＿＿＿（間違う）ますよ。

　　B　あ、本当だ。今直します。

第**5**章

助詞大剖析

JG34.mp3

^{わたし}私 は安室奈美恵^{あむろなみえ}のファンです。

我是安室奈美惠的粉絲。

^{にほん}日本の税金^{ぜいきん}は高^{たか}いです。

日本的稅金很貴。

^{にほんじん}日本人の先輩^{せんぱい}と仲^{なか}がいいです。

和日本人的前輩很要好。

これは文学^{ぶんがく}の本^{ほん}です。

這是文學的書。

文 法 重 點

　　「の」在台灣日常生活中也常常可以看到，通常譯為「～的～」，是用來連接名詞與名詞的助詞。

　　「の」有非常多的用法，如下：

一、第一個名詞與第二個名詞是所屬關係、人物關係或全體及其一分子的關係

　　　　彼^{かれ}の部屋^{へや}は汚^{きたな}い。

　　　　他的房間很髒亂。

劉さんのお兄さんはかっこいいです。

劉先生的哥哥很帥氣。

台湾の果物は甘いです。

台灣的水果很甜。

二、第一個名詞說明第二個名詞的內容

これは車の雑誌です。

這是（關於）車的雜誌。

三、表示第一個名詞與第二個名詞的位置關係

栃木県は東京の北にあります。

櫪木縣位於東京的北邊。

病院の後ろは郵便局です。

醫院的後面是郵局。

四、表示第一個名詞與第二個名詞的對等關係，注意：の＝である

元内閣総理大臣の安倍晋三さんは1954年生まれです。
＝元内閣総理大臣である安倍晋三さんは1954年生まれです。

前首相的安倍晉三先生是1954年出生。

首都の台北はおよそ人口270万人です。
＝首都である台北はおよそ人口270万人です。

首都台北人口約有270萬人。

五、第一個名詞為第二個名詞的作者，用以表示生產出來的東西

東野圭吾の推理小説は面白いです。

東野圭吾的推理小説很有趣。

ゴッホの絵は魅力的です。

梵谷的畫很有魅力。

六、第一個名詞與第二個名詞的時間關係

私は秋の韓国が一番好きです。

我最喜歡秋天的韓國。

◆「の」連接名詞和名詞以外的用法：

一、當作代名詞

今日早退したのが富沢さんですよ。
＝今日早退した人が富沢さんですよ。

今天早退的人是富澤先生喔。（「の」取代「人」）

そこにあるのを一つ下さい。＝そこにあるものを一つ下さい。

請給我一個放在那裡的東西。（「の」取代「もの」）

二、取代助詞「が」

祖母が作った料理は美味しい。＝祖母の作った料理は美味しい。

祖母做的料理很好吃。

三、動詞名詞化

写真を撮るのは私の趣味です。

拍照（這一件事情）是我的興趣。

☆注意！

中文常常在形容詞後面接續「的」，例如「好吃的蘋果」，因此有許多初學者講日語時也會造出類似「美味しいのりんご」的句子。但是日語在文法上，形容詞後面不可以接續「の」，因此正確的說法為「美味しいりんご」才對。

會話

A　ここに彼(かれ)の日記(にっき)がありますよ。	A　這裡有他的日記耶。
B　彼(かれ)の日記(にっき)を勝手(かって)に見(み)てはいけませんよ。	B　不可以擅自看他的日記喔。
A　最近(さいきん)料理(りょうり)の勉強(べんきょう)したくてね。	A　最近好想要學做料理哦。
B　料理(りょうり)の本(ほん)でも買(か)ってみたら？	B　那你去買料理書看看如何？
A　あれ？切符(きっぷ)がない！	A　咦？沒有車票！
B　電車(でんしゃ)の中(なか)に落(お)としたんじゃないの？	B　你是不是掉在電車上了？
A　どの季節(きせつ)が一番(いちばん)好(す)き？	A　你最喜歡哪一個季節？
B　春(はる)の日本(にほん)が一番(いちばん)好(す)きかな。	B　我大概最喜歡春天的日本吧。

課後練習

請將以下的中文句子翻譯成日文。

1. 白色的傘是我的。（白色的＝白(しろ)い、傘＝傘(かさ)）

_____

2. 家裡前面有山。（家＝家(いえ)、前面＝前(まえ)、山＝山(やま)）

_____

3. 我的姊姊理沙是高中生。（姐姐＝姉(あね)、理沙＝理沙(りさ)、高中生＝高校生(こうこうせい)）

_____

4. 我喜歡貝多芬的音樂。（喜歡＝好(す)き、貝多芬＝ベートーヴェン、音樂＝音楽(おんがく)）

_____

スーパーで食材を買います。

在超市買食材。

学校へ行きます。

去學校。

ペンギンは動物園にいます。

企鵝在動物園。

実家へ向かいます。

前往老家。

文法重點

一、地點＋に＋表存在動詞：表示人或物存在地點的「に」

笠原さんは北海道に滞在します。

笠原先生停留在北海道。

キリマンジャロはタンザニア北東部にあります。

吉利馬札羅山在坦尚尼亞北東部。

二、 地點＋で＋動態動詞：表示動詞進行地點的「で」

湖の近くでバーベキューをしました。

在湖附近烤了 BBQ。

景色がいいところで狐を見ました。

在景色漂亮的地方看到狐狸。

三、 地點＋へ＋移動動詞：表示移動目的地方向的「へ」

世界遺産の日光東照宮へ行きました。

我去了世界遺產的日光東照宮。

森さんがうちの別荘へ来ました。

森先生來到我們家別墅。

☆注意！

　　表示移動目的地方向的「へ」，在口語表現中經常使用「に」來說，意義不變。

世界遺産の日光東照宮に行きました。

我去了世界遺產的日光東照宮。

森さんがうちの別荘に来ました。

森先生來到我們家別墅。

會話

A あそこに建っているのが故宮博物院ですよ。

A 建在那邊的就是故宮博物院喔。

B 立派な建物ですね。

B 好氣派的建築物呢。

A 譚さんはどこですか。

A 譚先生在哪裡呢？

B 通路側の席に座っていますよ。

B 他坐在靠走道邊的位子上喔。

A すみません。中正紀念堂へ行きたいのですが～。

A 不好意思。我想要去中正紀念堂～

B この道をまっすぐ行ったところにありますよ。

B 它在這一條路直直走的地方喔。

A 浴室で転んじゃった！痛たたた～。

A 我在浴室跌倒了！痛痛痛～

B え！怪我はない？大丈夫？

B 咦！有受傷嗎？沒事吧？

一、在括弧裡填入「に」、「で」、「へ」。

1. 私は小学校＿＿＿＿＿勉強をしています。

2. 迷子になったらその場＿＿＿＿＿じっとしていましょう。

3. かばんの中＿＿＿＿＿何がありますか。

4. 私は来週香港＿＿＿＿＿帰省します。

5. 外_____車が止まっている。

6. ここ_____たばこを吸ってはいけません。

7. ここ_____来て下さい。

8. 今すぐ会社_____戻ります。

9. あそこ_____誰かがいます。

10. 一人暮らしの男性が家_____亡くなっているのが発見されました。

二、依提示將下列中文譯為日語。

1. 在廚房洗米。（廚房＝台所、洗＝洗う、米＝米）

　　_____

2. 三個月後我要去新加坡。（三個月後＝三ヵ月後、去＝行く、新加坡＝シンガ
　　ポール）

　　_____

3. 我派駐到台東 3 年了。（派駐＝駐在、台東＝台東、3 年期間＝3 年間）

　　_____

JG36.mp3

買い物に行きます。
去買東西。

シャツを買いに行きます。
去買襯衫。

鉛筆は字を書くのに使います。
鉛筆是用來寫字的。

台北ドームへコンサートを見に行きます。
去台北小巨蛋看演唱會。

文法重點

一、動作性名詞＋に＋移動動詞：表示移動目的。

　　動作性名詞顧名思義，是有動作意味的名詞。其特徵之一為大多是由兩個漢字組成，並且是與人有關的動作。加上「する（做）」即可當作動詞使用。

　　旅行に行きます。
　　去旅行。

試験に行きます。

去考試。

二、動詞連用形（第二變化）＋に＋移動動詞：表示移動目的。

鹿児島県へ遊びに行く。

去鹿兒島玩。

従兄弟が遊びに来ました。

表兄弟姊妹來玩。

三、動詞連體型（第四變化）＋の＋に＋動詞：表示行為目的。

お箸はご飯を食べるのに使います。

筷子是用來吃飯的。

インターネットは情報を集めるのに使用します。

網路是用來收集情報的。

會 話

A 買い物に行ってほしいんだけど、いい？

B うん、いいよ。何を買いたいの？

A 奈良へ鹿を見に行きたいな。

B あそこの鹿はお辞儀ができるんだよ。知ってた？

A 春は花見に行きたいですね。

B そうですね、春はやっぱり花見に限りますね。

A あれ？片桐さんは？

B もう出張に行ったはずですよ。

A 我想要你去買東西，可以嗎？

B 嗯，好呀。你想要買什麼？

A 我想要去奈良看鹿耶。

B 那裡的鹿會鞠躬喔。你知道嗎？

A 春天想要去賞花呢。

B 是啊，果然春天就是要來賞花才行。

A 咦？片桐先生呢？

B 應該已經去出差了喔。

一、請從下列選項中，選出最適當的答案填入空格之中。

1. カナダへ演奏を_____に行きます。

①する　②して　③し　④見る

2. この包丁は野菜を_____に使います。

①切るの　②切る　③切ります　④切り

3. 同期の人と今晩飲み_____。

①に来ます　②に行きます　③へ来ます　④へ行きました

4. 明日のイベント、是非_____下さい。

①見る　②見るの　③見に来る　④見に来て

5. 家族と_____をしに行きました。

①食べる　②食事　③食べ　④食べるの

二、請從選項中選出適當的日語翻譯。

1. （＿＿＿）前年沒去旅行。

① 一昨年、旅行に行きませんでした。

② 一昨年、旅行へ行きません。

③ 一昨年、旅行に行きました。

2. （＿＿＿）因為上一次吃過的餐廳很好吃，所以又去吃了。

① 前回食べるレストランが美味しいので、また食べるに行きました。

② 前回食べたレストランが美味しいかったので、また食べに行きました。

③ 前回食べたレストランが美味しかったので、また食べに行きました。

3. （＿＿＿）因為壞掉的零錢包很方便，所以去店面找一樣的東西了。

① 壊れた小銭入れが便利かったので、店へ同じものを探しに行きました。

② 壊れた小銭入れが便利だったので、店へ同じものを探しに行きました。

③ 壊れた小銭入れが便利だので、店へ同じものを探しに行きました。

JG37.mp3

毎朝 7 時に起きます。

每天早上 7 點起床。

夜 9 時から映画が始まります。

晚上 9 點電影會開演。

明日からダイエットをします。

明天開始減肥。

誕生日に彼氏にプレゼントをもらいました。

生日男朋友送我禮物。

文法重點

　　「から」加在時間後面，表示「從～」。常與「まで」並用，「～から～まで」譯為「從～到～」。

　　休み時間は 1 時から 1 時半までです。

　　休息時間是從 1 點到 1 點半。

ユニバーサル・スタジオ・ジャパンは朝8時半から夜8時までです。

日本環球影城的營業時間是早上8點半到晚上8點。

「に」亦加在時間後面，表示在特定的某個時間點做某動作。

午後3時にお医者さんに行きます。

下午3點要去看醫生。

夕方5時くらいに家に帰ります。

大約傍晚5點左右會回家。

時間有時候要加「に」，有時候反而不可以加。並非所有時間都要加上「に」助詞，該如何判斷呢？原則上，「時間名詞」要加上「に」，則「時間副詞」不可加上「に」。

◆何謂時間名詞？

時間名詞是「絕對的時間」，常帶有數字。例如：6月、2021年、10時 〜等等。

◆何謂時間副詞？

時間副詞是「相對的時間」，為模糊的時間點。例如：今、最近、将来〜等等。

另外，「星期」較難以界定，可加「に」也可不加「に」。

☆補充：

　　若出現一個以上的時間複合用法，可加「に」也可不加「に」。例如：今日の昼、来年の春、来週の朝〜等等。

會話

A 木曜日の午前から、会議がありますよ。

B じゃあ早く資料を作らないといけませんね。

A この仕事は今日中に終わらせないと。

B そうだね。早くしないと間に合わないよ。

A 今日の午後から寒くなるみたいですよ。

B そうみたいですね。羽織れるものを持って来てて良かった。

A 午後5時に集合です。

B 分かりました。

A 星期四從上午有會議喔。

B 那麼要趕緊做資料才行呢。

A 我得在今天之內把這個工作完成。

B 對呀。不趕快的話就要來不及了。

A 似乎從今天下午開始會變冷喔。

B 好像是喔。好險我有帶可以披的東西來。

A 下午5點集合。

B 我知道了。

在空格內填入「に」或「から」，不用填則填「×」。

1. 2021年_____東京でオリンピックが開催される予定です。

2. お正月_____おばあちゃんとお節を作りました。

3. 将来_____何になりたいですか。

4. 彼は先月_____退職しました。

5. 夕べ_____変な音が聞こえます。

6. 今_____お時間ありますか。

7. 深夜_____夜食を食べました。

8. 夏_____花火をしました。

9. 4時18分_____電車が発車します。

10.朝_____夜まで働いています。

11.毎晩_____夜更かしをしています。

12.お盆休み_____海外旅行に行きました。

13.年末＿＿＿＿就職先を変えます。

14. 週末＿＿＿＿子供を連れて遊びに行きます。

15.毎日＿＿＿＿ピアノの練習をしています。

16.いつ＿＿＿＿日本のアイドルが好きですか。

17. 下旬＿＿＿＿お祭りに行きます。

18.最近＿＿＿＿全然顔を見ないですね。

19.いつ＿＿＿＿帰国しますか。

20.彼女はいつも＿＿＿＿笑っています。

21.冬休み＿＿＿＿スキーをしに行きます。

22.さっき＿＿＿＿呼ばれました、

23.この職場に先月＿＿＿＿来たばかりです。

24.近頃＿＿＿＿子供が生まれました。

25. 昔＿＿＿＿一緒にバイトをしていた人に偶然出会いました。

月曜日（げつようび）までにレポートを出（だ）さなければなりません。
一定要在週一前交出報告。

来月（らいげつ）までここに勤（つと）めます。
我會在這裡工作到下個月。

10 時（じ）まで会社（かいしゃ）にいました。
直到 10 點我還在公司。

この本（ほん）は来月（らいげつ）までに返（かえ）してください。
這本書請在下個月前歸還。

文法重點

　　「まで」是表示持續做著某動作，直到截止的時間為止，常譯為「到～」。「までに」是表示動作在最後截止時間點前應該完成，常譯為「在～前」。

一、まで：

在期限內一直持續某動作：

動作期間

時間＋まで＋持續動詞

11 時まで寝ていました。

我睡到 11 點。

夜まで 勉強 します。

我要讀書到晚上。

二、までに：

在期限內的任一時間做某動作：

動作期間

時間＋までに＋瞬間動詞

11 時までに寝てください。

請在 11 點前睡覺。

夜までに勉 強 し始めてください。

請在晚上以前開始讀書。

會話

A 2021年までに、何回も地震が起きました。	A 在 2021 年以前，發生了好幾次地震。
B 本当に怖いですね。防災グッズを備えたほうがいいですね。	B 真的很可怕。應該要備齊防災裝備較好。
A 私は彼女を5時まで待っていたのに、すっぽかされたんですよ。	A 我等她等到 5 點，卻被放鴿子呢。
B そうなんですか。ドタキャンはよくないですね。	B 這樣啊，臨時取消真不好呢。
A 何とかしてこの仕事を明日までに終わらせたいです。	A 我想要想盡辦法讓這個工作在明天之前結束掉。
B 私が手伝いましょうか。	B 要不要我幫忙呢。
A この駅に着くまで寝ていました。	A 我一直睡到抵達這個車站。
B よっぽど疲れていたんですね。	B 可見你是非常的累。

在空格中填入「まで」或「までに」。

1. 旦那が帰ってくる＿＿＿＿＿＿ここにいて下さい。

2. 昨夜は夜遅く＿＿＿＿＿＿ 勉強 をしました。

3. 一月十日＿＿＿＿＿＿書類を 提出 して下さい。

4. この雨は明日＿＿＿＿＿＿止むでしょう。

5. この雨は明日＿＿＿＿＿＿続くでしょう。

6. 来年３月末＿＿＿＿＿＿今の会社にいて、４月に 新 しい仕事に移るつもりです。

7. 討論会は遅くても４時＿＿＿＿＿＿終わるだろう。

8. 30歳＿＿＿＿＿＿結婚したいです。

9. 大学を 卒業 する＿＿＿＿＿＿ 就職先 を決めたい。

10.来年の甲子園＿＿＿＿＿＿野球の練習を続けるつもりだ。

11.この会社の人は夜中＿＿＿＿＿＿働くのが普通だ。

12.うちの祖母は百歳＿＿＿＿＿＿生きた。

13.子供は 9 時＿＿＿＿＿＿寝たほうがいい。

14.今日は休日なので、午後 1 時＿＿＿＿＿＿寝ていた。

15.暗くなる＿＿＿＿＿＿帰ってきてね。

16.その朝市は朝 5 時から午後 2 時＿＿＿＿＿＿やっていますよ。

17.このページの内容は明日のテスト＿＿＿＿＿＿に覚えなければならない。

18.さっき＿＿＿＿＿＿覚えていたのに、もう忘れてしまった。

19.毎晩 12 時＿＿＿＿＿＿起きている。

20.急ぐから、8 時＿＿＿＿＿＿食べ終わってください。

私 はイケメンではない。**しかし**、真面目だ。
我不是帥哥，但是很認真。

天気は悪い。**でも**、出発する。
天氣很不好。但是，要出發。

よく頑張った。**でも**、負けた。
很盡力了。但是，輸了。

育児は大変。**しかし**、我が子は愛おしい。
育兒很辛苦。但是自己的小孩惹人憐愛。

文法重點

　　「でも」有許多意思。當作「但是」、「不過」的時候是屬於口語用詞，有「為前述內容做補充」的意思在。

みんな諦めた。でも、私は諦めなかった。

大家都放棄了。但是，我沒有放棄。

私は彼を救いたかった。でも、いい方法がなかった。

我想要救他。但是，沒有好方法。

「しかし」則是較強硬，也是偏向鄭重、書面用語的反駁，有「推翻前述內容」的意思在。

火は非常に便利だ。しかし、取り扱いには注意しなければならない。

火非常便利。但是，使用上要非常小心才行。

私は朝はご飯派です。しかし、妻はパン派です。

我早餐是米飯派的。但是，妻子是麵包派的。

一、「でも」其他用法：

①名詞＋でも：表示「～等等、～之類的」

お茶でもどうですか。

要不要喝個茶之類的呢。

遊園地でも行こうか。

要不要去遊樂園之類的呢。

②疑問詞＋でも：表示「都～」

誰でもいいから早く来て！

誰都好，趕快過來！

何でも食べる。

什麼都吃。

二、「しかし」其他用法：

しかし～：放句首，表示感嘆

しかし大きいビルだなぁ。
還真是很大的高樓大廈呢。

しかし彼があれほど優秀だとは。
真沒想到他居然那麼優秀。

會話

A 和食は好きです。でも、納豆はまだ食べられません。

A 我喜歡日式料理。但是，我還無法吃納豆。

B 外国人は苦手な人が多いですよね。

B 外國人不敢吃的人很多呢。

A 彼は勉強ができる。しかし、スポーツは全然ダメだ。

A 他很會讀書。但是，運動完全不行。

B 世の中に完璧な人なんて存在しないですよ。

B 世上沒有完美的人存在啦。

A 日本酒は日本料理に合う。でも、フレンチにも合う。

A 日本酒很配日本料理。但是，也很配法國菜。

B そうなんですね。私はお酒が飲めないので分からないですね。

B 這樣喔，我不喝酒所以我不懂。

A 必死に運動をした。しかし、お腹の贅肉が一向に落ちない。

A 拼命地運動了。但是，肚子的肥肉還是一直甩不下來。

B 部分痩せは難しいですからね。

B 要瘦局部本來就很難呢。

在空格中填入「でも」或「しかし」。

1. いつ＿＿＿＿＿＿連絡（れんらく）して下（くだ）さい。

2. ＿＿＿＿＿＿まいったなぁ。

3. 退屈（たいくつ）だな。アニメ＿＿＿＿＿＿見（み）ようか。

4. 私（わたし）はどこ＿＿＿＿＿＿寝（ね）られます。

5. 水力発電所（すいりょくはつでんしょ）1機（き）が再稼動（さいかどう）した。＿＿＿＿＿＿依然（いぜん）として電力（でんりょく）不足（ぶそく）の 状況（じょうきょう）が続（つづ）いている。

JG40.mp3

パンケーキを食べる。

吃鬆餅。

空を飛ぶ。

在天空飛翔。

雨が降る。

下雨。

風邪がうつる。

傳染感冒。

文法重點

　　他動詞與自動詞的差異，請參考「單元19.自動詞&他動詞」。大部分動詞都有自動詞與他動詞相對應，特別需注意自動詞與他動詞同形的動詞。

原形動詞	中文翻譯
開く	打開
閉じる	關閉
する	做
やる	做
喜ぶ	高興
急ぐ	急、加快
言う	說

會話

A またお姉さんと喧嘩したの？

B 喧嘩をすればするほど仲がいいって言うでしょ。

A 小さい頃、犬に足を噛まれました。

B 道理でそんなに犬が嫌いなんだね。

A 再来月に実施する企画が決まりました。

B うまくいくといいですね。

A 台湾では夏から秋にかけて台風が発生します。

B じゃあ日本と同じですね。

A 你又和姊姊吵架了呀？

B 不是都會説越吵架感情越好嘛。

A 小時候被狗咬了腳。

B 難怪你那麼討厭狗。

A 下下個月要實行的企劃決定好了。

B 希望進行得順利呢。

A 在台灣，夏天到秋天之際會發生颱風。

B 那就跟日本一樣呢。

在空格中填入「を」或「が」。

1. 料理＿＿＿＿冷めないうちに、早く食べて下さい。

2. パジャマのままでゴミ＿＿＿＿出しに行かないで下さい。

3. テレビ＿＿＿＿つけたまま寝てしまいました。

4. 途中でバス＿＿＿＿降りる場合は、どうしたらいいですか。

5. 地震＿＿＿＿起きたら、絶対にエレベーター＿＿＿＿使わないで下さい。

6. 机から花瓶＿＿＿＿落ちそうですよ。

7. 非常に強い雨＿＿＿＿降っていて、まるでシャワー＿＿＿＿浴びているようだ。

8. この仕事＿＿＿＿全部一人でやるのはやはり無理らしいです。

9. 寺田さん＿＿＿＿着ている服は高そうだ。

10. 外で星＿＿＿＿見ていたら、風邪＿＿＿＿引いた。

JG41.mp3

高木さんと有田さんと一緒に温泉に入りました。

我和高木先生和有田先生一起泡溫泉。

メロンやイチゴやスイカが好きです。

我喜歡哈密瓜、草莓、西瓜等等。

スイスとかイタリアとかへ行きたいです。

我想要去瑞士啦，或義大利等等。

家の中に熱帯魚とか観葉植物とかがあります。

家中有熱帶魚啦，或觀賞植物等等。

文法重點

一、名詞A＋と＋名詞B

　　將名詞A和名詞B做並列，在要說明是什麼、怎麼樣、做了什麼等等時使用，常譯為「和～」、「跟～」。

　　　　ペンと修正液とノートは文房具です。

　　　　筆和修正液和筆記本是文具。

カフェでコーヒーと紅茶を飲みました。

在咖啡廳喝咖啡和紅茶。

二、名詞A＋や＋名詞B＋（など）

與「と」不同的是，「や」為多數可能之中，列舉幾個來說明的語感。常譯為「和～」、「或～」。

但是注意，若是並列人物時，則不加「など」，並列物品或事情時，則可加可不加。

今オフィスに鈴置さんや侯さんがいます。

現在辦公室有鈴置先生和侯先生。（有暗示還有其他人）

今オフィスに辻さんと侯さんがいます。

現在辦公室有辻先生和侯先生。（只有提及這兩位）

デジカメを買ったので、家族の写真や田舎の風景などが撮りたいです。

因為買了數位相機，想要拍家人的照片或鄉下的風景等等。

三、名詞A＋とか＋名詞B＋（とか）

「とか」的語感與「や」相似，也是多數可能之中列舉幾項，做部分列舉，並且暗示還有其他。「や」較「とか」為正式，「とか」為口語用詞，常譯為「～啦，～啦」。

最後一個名詞後面的「とか」可以省略。

黒板に絵とか字（とか）がいっぱい書いてあります。

黑板上面有很多字啦，或畫等等。

留学については両親とか友達（とか）に相談してみてください。

關於留學，請跟父母親啊，或朋友商量看看。

動作的列舉：

> 動詞常體＋とか＋動詞連體型（第四變化）＋とか＋助詞／する

最後一個動詞後面的「とか」不可省略。

新幹線に乗るとか、地下鉄に乗るとか、色々方法はあるでしょう。
搭新幹線或搭地下鐵之類的，方法有很多吧。

ヨーロッパに行くとか無人島に行くとか、旅行の計画は沢山あります。
去歐洲啦，去無人島啦等等，有很多旅行的計畫。

會話

A 君の考え方とやり方はおかしいよ。

A 你的想法和做法很奇怪耶。

B じゃあそう言う君は他に案があるのか。

B 那你這樣說是有其他的辦法嗎？

A 医者とか弁護士とか企業家とか、将来何を目指しているの？

A 醫生啦、律師啦、企業家等等，你將來的目標是什麼？

B 自分も凄い悩んでいます。

B 我自己也非常煩惱。

A この村の川や池の水は綺麗ですよ。

A 這個村落的河川、池塘的水都很清澈喔。

B 環境がいいところで育った野菜は格別に美味しいですね。

B 環境良好的地方生長的蔬菜格外好吃呢。

A あのう、ポテトを一つとバーガーを二つ下さい。

A 那個，請給我一個薯條和兩個漢堡。

B かしこまりました。以上でよろしいでしょうか。

B 好的，請問這樣就好了嗎？

請從下列四個選項中，選出最適當的答案填入空格之中。

1. 名物を食べた＿＿＿＿、花火が見れた＿＿＿＿、今回の旅は本当に楽しかった。

　①や／や　②と／と　③とか／とか　④と／など

2. パッションフルーツ＿＿＿＿マンゴー、二種類選びました。

　①や　②と　③とか　④など

3. 会場には楊さん＿＿＿＿孫さん＿＿＿＿をはじめとする大勢の人がいる。

　①や／や　②や／など　③とか／とか　④や／×

4. 牛タン二人前＿＿＿＿、サラダ＿＿＿＿スープを一つずつ下さい。

　①や／や　②と／と　③とか／とか　④と／×

5. 台風の影響で、停電＿＿＿＿土砂崩れ＿＿＿＿の被害が出ています。

　①や／など　②と／など　③とか／とか　④や／や

6. ロシア＿＿＿＿アフリカ＿＿＿＿、もっと色んな国に行ってみたいです。

　①と／×　②と／など　③とか／とか　④や／や

與「從開始～到結束」相關的 から／まで

ここ**から**あそこ**まで**、どのくらいかかりますか。

從這裡到那裡，要多久時間呢？

10時**から**5時**まで**学校にいます。

從 10 點到 5 點都在學校。

キャンペーンは月曜日**から**金曜日**まで**です。

促銷活動是從週一到週五。

銀行は9時**から**3時**まで**です。

銀行從 9 點營業到 3 點。

文法重點

「から」為「從～」之意，「まで」為「直到～為止」之意。

「から～まで」常譯為「從～到～」。

一、表場所起點：<mark>地點＋から＋地點＋まで</mark>

夜市**から**家**まで**、700 メートルあります。

從夜市到家裡，有 700 公尺。

美術館から交番まで、徒歩 16 分です。

從美術館到派出所，步行 16 分鐘。

二、表時間起點：時間＋から＋時間＋まで

1 月から 3 月まで、この案件を担当します。

從 1 月到 3 月，我負責這個案件。

成人式は午前 10 時から正午までです。

成年禮從上午 10 點到正午結束。

會話

A 朝ごはんは何時から何時までですか。

A 早餐是從幾點到幾點呢？

B 朝ごはんは 6 時から 10 時半までです。

B 早餐從 6 點開始，10 點半結束。

A 7 月から 8 月までバカンスに行ってきます。

A 從 7 月到 8 月，我要去渡假。

B いいなぁ。羨ましいなぁ。

B 好好喔，真羨慕。

A ここから家まで送るよ。

A 從這裡送你到家吧。

B いいの？悪いね、ありがとう。

B 可以嗎？不好意思耶，謝謝你。

A 家から空港まで、タクシーで行くね。

A 我從家裡搭計程車去機場喔。

B 気をつけてね。

B 你路上小心喔。

一、問答練習

請試著回答問題，並填入空格之中。

1. 映画は何時からですか。（7 時 20 分）

_____

2. シャトルバスは何時までですか。（11 時 50 分）

_____

3. 仕事は何時から何時までですか。（8 時半〜 6 時）

_____

4. 図書館は何時から何時までですか。（午前 9 時〜午後 5 時）

_____

5. 営業時間は何時から何時までですか。（夜 7 時〜深夜 3 時）

_____

二、對話練習
將提問和回答都翻譯成日文，填入空格。

1. A：比賽從幾點開始？ → _____

　　B：九點開始。→ _____

2. A：明天的課從幾點開始？→ _____

　　B：從明天下午開始。→ _____

3. A：電車到幾點？→ _____

　　B：到 12 點。→ _____

三、請將以下的中文句子翻譯成日文。

1. 今年暑假是從什麼時候到什麼時候呢？（今年＝今年、暑假＝夏休み、什麼時候＝いつ）

　　_____

2. 午休時間從幾點到幾點呢？（午休時間＝昼休み、幾點＝何時）

_____

3. 請問您們那邊的營業時間是從幾點到幾點呢？（您們那邊＝そちら、幾點＝何時）

_____

4. 請問從這裡到公車站走路要多久呢？（這裡＝ここ、公車站＝バス停、走路＝歩いて、多久＝どれぐらいかかる）

_____

5. 從東京到熱海，開車約兩個小時以內抵達。（東京＝東京、熱海＝熱海、開車＝車で、兩個小時以內＝二時間以內）

_____

四、從下列選項①～④中，選出填入__★__中最適當的答案。

1. （＿＿）スペイン語の＿＿＿＿ __★__ ＿＿＿＿ ＿＿＿＿。

①何時まで ②授業は ③ですか ④何時から

43 與「想要」相關的 たい／たがる

JG43.mp3

わたし　は　きょうせい
私は歯の矯正をし**たい**です。
我想要做牙齒矯正。

じょせい
女性はデートをし**たがる**。
女性總是會想要約會。

あなたは行き**たい**？
你想要去嗎？

かのじょ　ひと　せいねんがっぴ　し
彼女は人の生年月日を知り**たがる**。
她總是會想要知道別人的出生年月日。

文法重點

　　「たい」主語為第一人稱，或用在第二人稱問句，表示想要做某動作，常譯為「想～」。

1. 動詞連用形（第二變化）＋たい
這裡的主語原則上為說話者自己本身（第一人稱），也可用於第二人稱的問句上。

私 はゆっくり回りたいです。

我想要慢慢地逛。

あなたは 生中継 が見たいですか。

你想要看實況轉播嗎？

「たがる」表示說話者以觀察者的立場，敘述第三人稱想要做某動作，常譯為「〜總是會想〜」。

2. 主語＋が／は＋名詞＋を／に＋動詞連用形（第二變化）＋たがる

主語原則上會使用第三人稱。

人はお金を沢山稼ぎたがります。

人總是會想要賺很多錢。

若者はアイデアを出したがります。

年輕人總是會想要出點子。

☆補充：

　　「たがっている」表示談話當時第三人稱想要做某動作。簡單來說，日常情況中，想要和說話者描述特定人物的願望時，會使用「たがっている」來表示，常譯為「正想要〜」。

3. 主語＋が／は＋名詞＋を／に＋動詞連用形（第二變化）＋たがっている

「たがっている」＝「たがる」＋「ている」。由於願望是某種程度的持續，使用「ている」表持續的狀態。

あの人は引越しをしたがっている。

那個人正想要搬家。

彼女は芸能人と握手をしたがっています。

她正想要和藝人握手。

會話

A 横尾主任が台湾に着き次第、私にご連絡
ください。

B かしこまりました。横尾も方さんに会い
たがっています。

A 今日はどんな映画が見たい？

B アクションがいいな。今日はアクション
映画を見たい気分なの。

A 来週の週末、空いてる？

B 最近週末も仕事三昧なの。時間を空けた
いけど、難しそうだな。

A 最近受験シーズンですが、娘さんの調
子はどうですか？

B 順調みたいですね。うちの子は国立大学
に入りたがっています。

A 横尾主任抵達台灣後，請隨即和我
連絡。

B 沒有問題。我們橫尾也想要見方先
生您。

A 今天想要看什麼樣的電影呢？

B 動作片好了。我今天想要看動作
片。

A 你下週週末有空嗎？

B 我最近週末也都工作滿滿的。雖然
想要空出時間，但看來有點困難。

A 最近是升學考季了，您女兒狀況如
何呢？

B 似乎挺順利的。我們家孩子想要進
國立大學。

一、下列句子文法正確的話在空格中畫「○」，錯誤的畫「×」。

_____ 1. あなたは日本語の歌を歌いたいです。

_____ 2. 女性は貧乏な男性とは結婚したがりません。

_____ 3. 戸田さんは友達を作りたいです。

_____ 4. 穴場さんは 高級 マンションに住みたがっています。

_____ 5. 祖父はラジオが聞きたがっています。

_____ 6. 私 は運転がしたいです。

_____ 7. 動画に映りたいですか。

_____ 8. おばさんは部屋を掃除したがっている。

_____ 9. 昔 の夫婦は 男 の子が生みたがります。

_____ 10. 昇進 をみんなで祝いたいです。

二、請將以下的中文句子翻譯成日文。

1. 丈夫正想要買液晶電視。（丈夫＝夫、液晶電視＝液晶テレビ、買＝買う）

_____

2. 再也不想和他說話。（再也不＝もう二度と、他＝彼、說話＝口を利く）

_____

3. 不想傷害她。（傷害＝傷つける、她＝彼女）

_____

4. 想要一輩子在你的身旁。（一輩子＝一生、在＝いる、你＝あなた、身旁＝そば）

_____

5. 同事正想要解決問題。（同事＝同僚、解決＝解決する、問題＝問題）

_____

JG44.mp3

飲んだら乗るな。

喝酒不開車。

大雨が降ったら、中止にしましょう。

如果下大雨的話，就中止吧。

眠かったら、寝てもいいですよ。

如果想睡的話，可以睡喔。

11月に入ったら、一気に寒くなった。

到11月之後一口氣變冷了。

文法重點

「たら」表假定條件，當前句假設的條件發生後，則造成後句的結果。常譯為「（前一個動詞已經發生）的話，就〜」

也就是說，用「たら」表現條件時，前句的發生時間要比後句先。

「たら」的各種用法：

一、動詞連用形（第二變化）＋たら

大学院に進んだら、知らせてください。

如果你升學到研究所，請告知我。

もし新しい洗剤があったら買ってきて。

如果有賣新的清潔劑，幫我買回來。

二、名詞＋たら

もし女の子だったら、女の子らしい名前をつけたいね。

如果是女孩子的話，想要取個像女孩子一點的名字呢。

もし看護師じゃなかったら、今頃何をしてると思いますか。

如果不是當醫護人員的話，你覺得現在會在做什麼呢？

三、形容動詞＋たら

言語が得意だったら、こんなに苦労しないのに。

如果我擅長語言的話，就不會這麼辛苦了説。

暇だったらショッピング付き合ってくれない？

如果有空閒的話，可以陪我去逛街嗎？

四、形容詞＋たら

もっとかっこよかったら女子にモテるのにね。

如果長得再帥一點，就會受女孩子歡迎的説。

犬が大人しかったら大家さんにバレないかもしれないね。

如果狗狗很安靜溫馴的話，或許不會被房東發現喔。

☆注意！

「たら」還有可譯為「發現」的用法。此時前句與後句沒有必然的關係存在，而是表示一種偶然事件的發現。要注意的是後句必須為過去式。

ポケットに手を入れたら、千円札があった。
手放到口袋，發現裡面有千元鈔。

會話

A あーあ。疲れを癒してくれる猫がほしいな。

A 唉～呀。真想要隻可以療育疲勞的貓呢。

B 猫を飼ったらちゃんと責任を持って育てないとね。

B 如果你養了貓的話，就要負起責任養育牠才行呢。

A 嘘だったら許してくれる？

A 如果是謊言的話，你可以原諒我嗎？

B どこからどこまでが嘘なの？

B 是從哪裡到哪裡是謊言呀？

A 忘れちゃってごめんね。最近記憶力が本当に悪くて。

A 抱歉我忘記了。最近記憶力真的是很不好。

B それ凄い分かるよ。思い出したらまた教えてね。

B 我很能理解耶。若你想起來的話再告訴我唷。

A なんでそんなに落ち込んでるの？

A 為什麼你那麼沮喪呀？

B そりゃ好きな人に既読スルーされたらショックでしょ。

B 如果被喜歡的人已讀不回，那當然會很受傷啊。

下列句子文法正確的話在空格中畫「〇」，錯誤的畫「×」。

_____ 1. 宝くじが当たったら、世界一周したいです。

_____ 2. 帰宅したら、知らない人がいる。

_____ 3. 悔しいかったら、リベンジをするべきです。

_____ 4. 暇でしたら一緒に飲みに行きましょう。

_____ 5. もしカメラマンでなかったら、何をしていますか。

_____ 6. 迷惑じゃなかったら、お伺いします。

_____ 7. ここで暮らしてみたら、案外住み心地が良い。

_____ 8. この二つを比べたら、明らかにこっちのほうが短い。

_____ 9. 舞妓さんのような化粧をしたら、誰だかわからなくなる。

_____ 10. 欠席をしたら、先生に怒られます。

與「差不多」相關的 くらい／ぐらい

JG45.mp3

ネットオークションの商品（しょうひん）を二ヶ月（にげつ）**くらい**待（ま）ちました。

我等了網路拍賣的商品約有兩個月。

２時間（じかん）**くらい**頑張（がんば）ったけど、どうしても描（か）けません。

加油了兩個小時，但怎麼樣都畫不出來。

もう８割（わり）**ぐらい**お腹（なか）がいっぱいです。

我大概已經８分飽了。

頭（あたま）が可笑（おか）しくなる**ぐらい**家計（かけい）の負担（ふたん）が重（おも）いです。

生活家計的負擔重到要發瘋的程度。

文法重點

「くらい」與「ぐらい」為相同的意思，常譯為「大約～」「～左右」，可以互換。

數量詞＋くらい／ぐらい

毎年二百万人くらいの日本人が台湾に訪れています。

每年有大約兩百萬人左右的日本人拜訪台灣。

丸三日間ぐらい飲まず食わずでした。

大概整整三天都不吃不喝。

◆「くらい／ぐらい」除了表示「大約～」之意外，還有非常多的應用，已經有中級程度喔！

一、指示代名詞（可見第9單元）／疑問詞＋くらい／ぐらい

表大概程度，常譯為「大概～」

どれぐらいがちょうどいいですか。

大概多少是剛好呢。

いくらくらいが妥当ですか。

大概多少錢是恰當的呢。

二、形容詞連體形、動詞連體形（第四變化）＋くらい／ぐらい

表某狀態的程度達到某種假定的情形，強調「非常～」，常譯為「簡直、連～、到～的程度」

ほっぺたが落ちるぐらい美味しいですね。

好吃到臉頰要掉下來的程度。

涙が出るくらい笑いました。

笑到要流淚的程度。

三、名詞Ａ＋は＋名詞Ｂ＋くらい／ぐらい

表前後兩個名詞有達到相同程度，常與「と同じ」並用，譯為「名詞和名詞一樣～」。

私も鍾さんぐらい数学ができたらいいのですが。

若我也像鍾小姐一樣會數學就好。

猿は３歳の人間の子供と同じくらい頭がいいです。

猴子與三歲的人類小孩一樣聰明。

四、名詞＋くらい／ぐらい＋名詞＋は＋ない

表程度之最高級，常譯為「沒有比～更～的了」、「沒有像～那樣～的了」。

うちの親ぐらいうるさい親はいない。

沒有父母親是比我家父母還要來得更囉嗦的了。

世間ぐらい厳しいものはない。

沒有東西是像社會那樣嚴苛的了。

五、動詞連體形（第四變化）／形容詞連體形／名詞＋くらい／ぐらい

表程度極低，帶有些輕蔑的情感，常譯為「就連～都～」、「才這點程度而已～」、「至少～」。

いくらお金がないと言っても、バスに乗るぐらいのお金は持っているでしょう。

再怎麼說沒錢，搭巴士的錢總有了吧。

今日ぐらい私に奢らせてくださいよ。

才今天而已，就讓我請客吧。

六、動詞連體形（第四變化）＋くらい／ぐらい＋なら

表與其前句，做後句好多了的語感，否定前句帶有些嫌棄的感情，常譯為「與其～不如～」。

そんなに今の上司にびくびくするぐらいなら、いっそ部門を変えたら？

與其對上司那樣地心驚膽跳，不如乾脆換個部門如何？

時間を無駄にするくらいなら、ボランティアにでも行ったらどうですか。

與其浪費時間，不如要不要去做個義工之類的如何呢？

會 話

A 日本の平均年収はいくらですか。

B 確か436万円ぐらいでしたよ。

A あり得ないぐらい凄いですね！尊敬します。

B このくらいは実力です。勝つには運も必要ですよ。

A まったく最近の若者にはついていけないですね。

B 最近は挨拶ぐらいもできない若い人が多いですよね。

A 送り迎えさせちゃってごめんね。

B これぐらいどうってことないよ。

A 日本的平均年收是多少呢。

B 我記得大概是436萬日幣左右喔。

A 太厲害了，到不可思議的境界！真的很敬佩你。

B 這只是我的實力。若要贏的話也是需要運氣的。

A 真是的，真的是搞不懂現在的年輕人。

B 最近連個打招呼都不會的年輕人還很多呢。

A 抱歉讓你接送了。

B 這一丁點事，小事一樁啦。

174

從下列選項①～④中，選出填入__★__中最適當的答案

1. （＿＿）そんなに＿＿＿＿ __★__ ＿＿＿＿ ＿＿＿＿？

①自分から ②彼のことが ③謝ったらどう ④気になるぐらいなら

2. （＿＿）台湾の＿＿＿＿ ＿＿＿＿ __★__ ＿＿＿＿です。

①毎月の 給料 は ② 3 万元 ③くらい ④新卒の

3. （＿＿）手が＿＿＿＿ __★__ ＿＿＿＿ ＿＿＿＿。

①ぐらい ②しました ③赤くなる ④拍手を

4. （＿＿）この＿＿＿＿ ＿＿＿＿ __★__ ＿＿＿＿です。

①美味しかった ②同じくらい ③フィリピン料理は ④本場で食べたのと

5. （＿＿）林さん＿＿＿＿ __★__ ＿＿＿＿ ＿＿＿＿です。

①ぐらい ②素敵な ③人はいない ④笑顔が

<ruby>思<rt>おも</rt></ruby>った**より**<ruby>簡単<rt>かんたん</rt></ruby>だった。
比想像中要來得簡單。

<ruby>子供<rt>こども</rt></ruby>は<ruby>普通<rt>ふつう</rt></ruby>の<ruby>本<rt>ほん</rt></ruby>**より**<ruby>絵本<rt>えほん</rt></ruby>のほうが<ruby>好<rt>す</rt></ruby>きです。
比起普通的書，小孩子比較喜歡圖畫書。

この<ruby>指輪<rt>ゆびわ</rt></ruby>はあのネックレス**より**<ruby>高<rt>たか</rt></ruby>いです。
這個戒指比那個項錬還要貴。

<ruby>大人<rt>おとな</rt></ruby>**より**<ruby>子供<rt>こども</rt></ruby>のほうが<ruby>夢<rt>ゆめ</rt></ruby>があります。
比起大人，小孩子比較有夢想。

文法重點

　「より」為做比較，表示兩者比較關係使用，常譯為「比起～」。
此句型需注意「比較物「被比較物」的擺放位置。

一、比較物＋は＋被比較物＋より

日本の物価は台湾より高い。

日本的物價比起台灣要來得貴。

日本は台湾より酔っ払いが多い。

日本比起台灣，醉漢較多。

二、被比較物＋より＋比較物＋のほう

此句型常與「のほうが」意為「～那一方較～」並用，可加可不加。

台湾より日本の物価（のほう）が高い。

比起台灣，日本的物價較貴。

台湾より日本（のほう）が酔っ払いが多い。

比起台灣，日本醉漢較多。

會話

A 欧米人よりもアジア人のほうが来日人数が多いですね。

A 比起歐美人，亞洲人來日的人數較多耶。

B 一位は中国、二位は韓国ですよね。

B 第一名是中國，第二名是韓國對吧。

A 今の仕事にだいぶ慣れてきました。

A 現在的工作我已經習慣多了。

B 昔よりも余裕ができたみたいで良かったですね。

B 看來比起以前心比較有餘裕，真是太好了。

A 松本さんは努力を惜しまない人ですね。

A 松本小姐是不惜努力的人呢。

B 自分は誰よりも頑張っていると思います。

B 我認為自己，比誰都還要努力。

A 夜行バスより新幹線のほうが快適です。

A 比起夜行巴士，新幹線較舒適。

B 駅弁もありますからね。

B 而且還有鐵路便當呢。

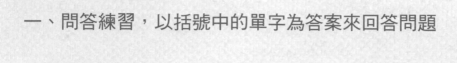

一、問答練習，以括號中的單字為答案來回答問題

1. ホラーとコメディ、どっちが好きですか。（コメディ）

   _____

2. 広島と鹿児島、どっちが遠いですか。（鹿児島）

   _____

3. 5月と6月どっちが涼しいですか。（5月）

   _____

4. 留学とワーキングホリデー、どっちがいいですか。（留学）

   _____

5. 台北と緑島、どっちがずっと賑やかですか。（台北）

   _____

6. お肉と野菜、どっちが好きですか。（お肉）

　　_____

7. うにといくら、どっちが新鮮ですか。（うに）

　　_____

8. 国立学校と私立学校、どっちがいいですか。（国立）

　　_____

9. 結婚する、しないどっちがいいと思いますか。（結婚する）

　　_____

10.言語交換する、しないどっちがいいと思いますか。（言語交換する）

　　_____

二、參考例子，在空格中填入適當的答案

例：台湾は日本より暑いです。

　　＝日本は台湾より涼しいです。

1. このバイクはあの車より新しいです。

　　_____

2. このアパートはあのマンションより狭いです。

　　_____

3. あの人の髪はこの人より長いです。

　　_____

4. この店はあの店より高いです。

　　_____

5. あの部屋はこの部屋より汚いです。

　　_____

與「限定」相關的
しか／だけ

自分の子だけ可愛がる。
只疼愛自己的小孩。

うちの子は絵本しか読まない。
我家小孩只看圖畫書。

学校だけでなく、家庭での指導も大切です。
不只是學校，在家庭的教導也非常重要。

今週は忙しいすぎで、金曜日しか空いていない
です。
這一週太忙，只有禮拜五有空。

文法重點

　　「だけ」為限定某事的範圍時會用到的詞，相當於中文的「只有～」。與各種詞的配合方式如下。

① 名詞＋だけ

② 形容動詞＋な＋だけ

③ 形容詞＋だけ

④ 動詞連體型（第四變化）＋だけ

彼だけに本音を言う。

只對他説真心話。

優しいだけではいけない。

只有溫柔是不行的。

「しか」與「だけ」類似，但後面必需接表否定的「ない」。意思相當於中文的「除了～之外」，實際翻成中文時和「だけ」一樣常譯為「只有～」，但是其語氣會比「だけ」來得更強烈。

① 名詞＋しか～ない

② 動詞終止形（第三變化）＋しか～ない

漫画しかない。

只有漫畫。（除了漫畫之外，什麼都沒有）

逃げるしかない。

只能逃跑了。（除了逃跑之外，沒有其他可採取的行動）

另外注意，如要在「しか」之後接續動詞的話，動詞的型態一定會是動詞否定形（第一變化），其後再接續「ない」。句型如下：

動詞終止形（第三變化）＋しか＋動詞否定形（第一變化）＋ない

逃げるしか助からない。

只能逃跑才會有救。（除了跑，沒有救）

☆補充：

「だけ」與「しか」的互換性

由於意義相近，「だけ」與「しか」常可以互換。

あなただけを愛している。＝あなたしか愛せない。　我只愛你。

但也有許多時候「だけ」與「しか」是不能完全互換的。雖然兩者都是「限定範圍」的意思，但「しか」比起「だけ」還多了一層否定、負面的意思。如以下例：

3 時間だけ寝られた。　睡到了只三小時。
3 時間しか寝られなかった。　只睡到了三小時。

兩個句子都表示話者睡到了三小時，但「しか」的句子更加強調「只能、只有」，帶有話者覺得睡三小時不夠的意思在。

會話

A 何事も行動にして実行するのが一番ですね。

A 任何事情都要用行動實行是最好的。

B 口だけでは実現できないですものね。

B 因為只光靠嘴巴是無法實現的嘛。

A 昨日、秘書と係長が腕を組んで歩いてるのを目撃しちゃいました。

A 昨天，不小心看到秘書和組長挽著手走路。

B これは二人だけの秘密にしましょう。

B 這件事就當作我們兩個之間的秘密吧。

A もうレストランは予約しましたか。

A 已經有預約餐廳了嗎？

B さっき電話したら、もう一席しか空いていないそうです。

B 剛才打電話過去，結果似乎只剩一個位子了。

從下列選項①～④中，選出填入＿★＿中最適當的答案

1. （＿＿）彼は＿＿＿＿ ＿★＿ ＿＿＿＿ ＿＿＿＿です。

①シンプルな服　②買わない　③しか　④人

2. （＿＿）私は＿＿＿＿ ＿＿＿＿ ＿★＿ ＿＿＿＿ます。

①と思い　②許せない　③だけは　④あの人

3. （＿＿）もう＿＿＿＿ ＿★＿ ＿＿＿＿ ＿＿＿＿ですね。

①彼に　②伝える　③しかない　④真実を

4. （＿＿）この家は＿＿＿＿ ＿＿＿＿ ＿★＿ ＿＿＿＿です。

①住み心地は　②駅に近い　③だけで　④あまりよくない

5. （＿＿）仕事を＿＿＿＿ ＿★＿ ＿＿＿＿ ＿＿＿＿です。

①しかない　②真面目に　③引き受けたから　④やる

早く寝た**のに**寝坊してしまいました。
明明早睡了，但還是睡過頭了。

うちの家族は血が繋がってない**が**、仲はとても
いいです。
我們家沒有血緣，但感情很好。

勇気を出して告白した**のに**、フラれました。
鼓起勇氣告白了，卻被甩了。

日本は四季が鮮明だ**が**、台湾はそうではない。
雖然日本四季鮮明，但台灣並非如此。

文法重點

「が」為逆態接續（轉折語氣），主要用於文章或正式場合中，為書面用語，常譯為「雖然～但是」。與各種詞的搭配方式如下：

① 名詞＋だが／ですが
② 形容詞＋が／ですが

③ 形容動詞＋だが／ですが

④ 動詞＋が／ますが

彼女はかわいいですが、わがままです。

她雖然很可愛，但很任性。

楽しかったですが、疲れました。

雖然很愉快，但累了。

表示「轉折」除了可用較書面用語的「が」之外，還有同樣意思、但比較口語的「けれども」、「けれど」、「けど」。這三個都一樣譯為「雖然～但是」，越短代表越簡化，越口語。使用方式和「が」基本一樣：

① 名詞＋だけれども／ですけれども

② 形容動詞＋だけれども／ですけれども

③ 形容詞＋けれども／ですけれども

④ 動詞＋けれども／ますけれども

彼は沢山食べるけれども、全然太りません。

他雖然吃很多，但完全不會發胖。

麻酔したけど、痛かったです。

雖然打麻醉了，但還是很痛。

「のに」為較強烈的逆態接續（轉折語氣），常帶有意外、不滿、遺憾、疑問等情感，常譯為「明明～卻～」。與各種詞的搭配方式如下：

① 名詞＋な＋のに

② 形容動詞＋な＋のに

③ 形容詞＋のに

④ 動詞＋のに

冬なのに夏のように暑いです。

明明是冬天卻像夏天一樣熱。

☆補充：

　　「のに」若放置句尾，多表示遺憾或不滿的情感，為口語用法，稍嫌孩子氣。

勝手に見ないでって言ったのに。
我明明都說了不要擅自看。
徐さんもう帰国しちゃったんだ。会いたかったのに～。
徐先生已經回國了呀，想要見他的說～。

會話

A 今回のライブのチケット、もう売り切れみたいだよ。

A 這一次的演唱會的票，好像已經賣完了耶。

B え！？もう売り切れたの？買いたかったのになぁ～。

B 咦！？已經賣完了？我很想要買的說～。

A 前回ドラッグストアで爆買いしたばかりなのに、またいっぱい買っちゃった。

A 上次才剛在藥妝店爆買，不小心又買了好多。

B 私も。ついつい買っちゃうよね。

B 我也是。不自覺買下手呢。

A 彼はイケメンだけど、性格がちょっと残念だよね。

A 雖然他長得很帥，但個性有點可惜呢。

B 私もいくらかっこよくても付き合うのは無理だな。

B 不管長得多帥，要和他交往我也是沒辦法。

A 彼女はリストラされて失業したけど、めげずに再就職を試みてるよ。

A 她被裁員失業了，但不氣餒地在嘗試二度就業喔。

B 本当に前向きだなぁ。私も見習わなくちゃ。

B 真的很正向呢。我也得向她看齊才行。

請從下列四個選項中選出最適當的答案，並填入空格之中。

1. 支店もいい＿＿＿＿、やっぱり本店のほうが美味しいんじゃないかな。

　　①だけれども　②だけど　③のに　④けど

2. 収入が減り＿＿＿＿、生活に支障はないです。

　　①が　②ましたが　③ましたのに　④のに

3. 沖縄出身＿＿＿＿、沖縄方言が喋れません。

　　①だのに　②ですけれども　③のに　④なのが

4. このゴーヤは苦い＿＿＿＿、体にいいらしい。

　　①けれど　②なのに　③だのに　④だが

5. サプリメントを飲み＿＿＿＿、効果を感じられなかったです。

　　①だが　②ますけど　③ましたが　④ますが

6. あの人の仕事はもう 十分楽 _____、まだ文句を言っている。

　　①なけど　②けど　③のに　④なのに

7. 彼の意見は正しい_____、賛成の人が少ない。

　　①のに　②だけど　③なのに　④なけど

8. 記念日には高価なものじゃなくて、一緒にいられるだけで嬉しかった_____。

　　①だけれど　②けど　③のに　④なのに

9. せっかくいい相手を 紹介 してもらった_____、脈 なしでした。

　　①なのに　②ですけど　③だけれど　④のに

10. 奨学金 をもらった_____、全額募金した。

　　①だが　②が　③なのに　④ですが

<ruby>珍<rt>めずら</rt></ruby>しくいい<ruby>天気<rt>てんき</rt></ruby>だ**から**、<ruby>家族全員<rt>かぞくぜんいん</rt></ruby>で<ruby>遊<rt>あそ</rt></ruby>びに<ruby>出<rt>で</rt></ruby>かけた。
因為難得天氣好，全家一起出去玩了。

もう<ruby>遅<rt>おそ</rt></ruby>い**から**、<ruby>先<rt>さき</rt></ruby>に<ruby>寝<rt>ね</rt></ruby>るね。
已經很晚了，我先睡了喔。

ちょっと<ruby>重<rt>おも</rt></ruby>い**ので**、<ruby>持<rt>も</rt></ruby>ってもらえますか。
因為有一點重，可以幫我拿一下嗎？

<ruby>糖尿病<rt>とうにょうびょう</rt></ruby>な**ので**、<ruby>甘<rt>あま</rt></ruby>いものはほどほどにします。
因為有糖尿病，甜食我要節制。

文法重點

「から」接在句尾，表示因果關係，常譯為「因為～所以～」、「～而～」。
為較口語的言詞，常用於個人主觀判斷。

與各種詞的搭配方式如下：

① 名詞＋だから／ですから
② 形容動詞＋だから／ですから
③ 形容詞＋から／ですから
④ 動詞＋から／ますから

彼は今大きなプロジェクトを抱えているから、プレッシャーが大きいだろうね。

他現在負責很大的計劃，壓力一定很大吧。

このスープはまだ温かいから、冷める前に飲んでね。

這個湯還很溫暖，涼掉之前要喝喔。

「ので」接在句尾，表示因果關係，常譯為「因為～所以～」、「～而～」。

為敬體，較鄭重的言詞，除了表達個人主觀判斷以外，也會用在客觀推測上。

與各種詞的搭配方式如下：

① 名詞＋なので／ですので
② 形容動詞＋なので／ですので
③ 形容詞＋ので／ですので
④ 動詞＋ので／ますので

あの先生は熱心なので、沢山の生徒に好かれています。

那位老師很熱心，而受很多學生喜歡。

今日は気分がいいので、仕事も捗ります。

因為今天心情很好，所以工作也做得很順。

會話

A 最近ストレスが溜まってるから、思う存分発散したいよ。	A 最近積了好多壓力，所以想要盡情地發洩。
B じゃ今夜パーッと飲みにでも行こうか。	B 那今晚要不要來大喝一下之類的。
A お待たせ。ごめんね、さっき高校時代の友達にばったり出くわして。	A 讓你久等了。抱歉，剛才很碰巧地遇到高中時的朋友。
B 寝坊したなら寝坊したでいいから、言い訳しないでよ。	B 睡過頭就說睡過頭就好了，不要找藉口啦。
A 姫路城は古くからの名所なので、今でも人々から親しまれています。	A 姬路城自古以來是名勝古蹟，而到如今也依然廣為人知。
B 世界文化遺産にも登録されていますよね。	B 也有被登錄為世界文化遺產對吧。
A 今日のヘアカラーはどうされますか。	A 今天的髮色要如何呢？
B もうアッシュグリーンには飽きたので、レッド系の色にして下さい。	B 因為亞麻綠已經膩了，麻煩幫我弄成紅色系的顏色。

課後練習

請從下列四個選項中，選出最適當的答案填入空格之中。

1. 思い切ってギャンブルに挑戦した＿＿＿、ボロ負けに終わりました。

　　①だけれども　②だけど　③のに　④から

2. 登山にチャレンジした＿＿＿、高山病でリタイアしてしまいました。

　　①から　②のに　③ですので　④ですから

3. 最近白髪が増えた＿＿＿＿、周りから老けたと言われました。

　　①ましたので　②ので　③のに　④けど

4. ハリネズミは臆病な性格＿＿＿＿、人に懐きにくいです。

　　①だけれども　②なのに　③から　④なので

5. 彼が弱い＿＿＿＿っていじめてはいけません。

　　①から　②ので　③のに　④だが

6. カワウソはペットとして日本で大流行している＿＿＿＿、台湾では希少動物扱いで飼ってはならない。

　　①ので　②だけど　③なのに　④が

7. 彼女のほうが詳しい＿＿＿＿、彼女に聞いて下さい。

　　①だから　②から　③が　④だけど

8. 本当のことを言うのは残酷で酷い＿＿＿＿、その人のためでもある。

　　①が　②だけれども　③のに　④から

9. 縁起が悪い＿＿＿＿、そんなこと言わないでよ。

　　①のに　②ですのに　③から　④ですが

10.彼が謝るべき_____、謝ろうともしない。

　　①ますが　②なのに　③だから　④ますから

11.彼らはとても反省している_____、どうか許してあげてください。

　　①ので　②なので　③だけれど　④けれど

12.いいことをした_____、自分も気持ちがいいです。

　　①ですので　②が　③のに　④ので

13.あの人は自由_____、束縛は嫌いですよ。

　　①だけど　②なので　③から　④なのに

14.別れ話を切り出したい_____、なかなか口に出せずにいる。

　　①なのに　②けれど　③だが　④ので

15.大変嬉しい_____お気持ちだけ受け取っておきます。

　　①ですが　②けど　③ので　④のに

50 與「動作同時進行」相關的 ながら／たり

JG50.mp3

歩きながらスマートホンを弄ることを、「歩きスマホ」と言います。

一邊走路一邊滑智慧型手機稱為「低頭族」。

日頃は音楽を聞いたり、映画鑑賞をしたりします。

平時會觀賞電影、聽音樂等等。

寝ながらスマホ見るのはやめたほうがいい。

不要邊睡邊看手機。

植物園で、スケッチをしたり、花の観察をしたりしました。

我在植物園畫了素描、觀察花等等。

文法重點

　　「たり」為動作的列舉使用，常譯為「做～又做～等等」、「有時～，有時～」。也能在多數可能的動作之中，列舉幾項主要的動作來做說明用。這個句型用途廣泛，不管在書面中或是在口語中都能夠使用。

動詞連用形（第二變化）＋たり＋動詞連用形（第二變化）＋たり＋する／します

彼女は行ったり来たりしていて、とても焦っているようです。

她一直來來回回，看似非常焦急。

いつも彼女の一言で泣いたり笑ったりしています。

總是因為女友的一句話而落淚或微笑。

「ながら」為表示兩項動作同時進行，常譯為「一邊～一邊～」。特別需要注意的是，前面的動詞通常為「順便」做的動作，重點在後面的動詞為主要的動作。

動詞連用形（第二變化）＋ながら＋動詞

携帯を見ながら人の話を聞きます。

一邊看手機一邊聽他人說的話。

自分で肩を揉みながら考え事をします。

一邊自己按摩肩膀，一邊想事情。

☆注意！

　　以上述例子來說，主要的動作為「聽他人說的話」及「想事情」，是比較重要的，小心若位置顛倒，會產生不同的涵意。

會話

A ここ数年、景気は良くなったり悪くなったりしていますね。

A 最近這幾年，景氣一下好又一下壞的。

B そうなんですよ。だから投資も余計慎重に行わないと。

B 就是說啊。所以做投資也要格外小心謹慎才行。

A 休日はプールに行ったり、ジムに行ったりしています。

A 休假有時候會去游泳池或健身房等等。

B 健康志向でいいですね。

B 注重健康很好呢。

A リスクは高いかもしれませんが、仮想通貨をやったり、株をやったりしています。

A 雖然或許風險很高，但有在做虛擬貨幣或股票等等。

B 私はその方面についてはちんぷんかんぷんなので、是非やり方を伝授して下さい。

B 我對於那方面完全一竅不通，請務必傳授我怎麼做。

A 学校に通いながら仕事をするのって相当大変ですよね。

A 一邊上學一邊做工作真的是相當辛苦呢。

B 自分でもよく耐えてこられたなと思います。

B 我自己也佩服我自己怎麼熬過來的。

從下列選項①～④中，選出填入__★__中最適當的答案

1. (___) 鬱病 に_____ __★__ _____ _____ました。

①絶望的 ②になったりし ③なった時は ④消極的になったり

2. (___) 水は_____ __★__ _____ _____だ。

①して ②変幻自在 ③溶けたり ④凍ったり

3. (___) 帰り道_____ _____ _____ __★__ました。

①道草を ②帰宅 ③し ④しながら

4. (___) 彼に_____ __★__ _____ _____た。

①私は ②見送られ ③涙を流し ④ながら

5. (___) ゴミを_____ _____ __★__ _____ました。

①拾い ②ながら ③歩き ④道を

6. （＿＿）異国文化に＿＿＿＿＿ ＿★＿ ＿＿＿＿＿ ＿＿＿＿＿あります。

①ことは　②怒ったりした　③山ほど　④びっくりしたり

7. （＿＿）待ち合わせ＿＿＿＿＿ ＿★＿ ＿＿＿＿＿ ＿＿＿＿＿した。

①待ちま　②暇つぶし　③時間まで　④をしながら

8. （＿＿）一緒に＿★＿ ＿＿＿＿＿ ＿＿＿＿＿ ＿＿＿＿＿です。

①笑ったりした　②恋しい　③仲間が　④泣いたり

9. （＿＿）梅雨の ＿＿＿＿＿ ＿＿＿＿＿ ＿★＿ ＿＿＿＿＿ます。

①止んだりし　②降ったり　③雨が　④季節は

10. （＿＿）約束＿＿＿＿＿ ＿★＿ ＿＿＿＿＿ ＿＿＿＿＿ません。

①忘れたりし　②破ったり　③を　④てはいけ

<ruby>雪<rt>ゆき</rt></ruby>が<ruby>解<rt>と</rt></ruby>けて<ruby>水<rt>みず</rt></ruby>**になる**。

雪融化成水。

<ruby>日本<rt>にほん</rt></ruby>は<ruby>冬<rt>ふゆ</rt></ruby>**になる**ととても<ruby>寒<rt>さむ</rt></ruby>**くなる**。

日本進入冬天後會變得很冷。

<ruby>私<rt>わたし</rt></ruby>の<ruby>友達<rt>ともだち</rt></ruby>**になって**<ruby>下<rt>くだ</rt></ruby>さい。

請當我的朋友。

<ruby>糖分摂取<rt>とうぶんせっしゅ</rt></ruby>の<ruby>頻度<rt>ひんど</rt></ruby>が<ruby>虫歯<rt>むしば</rt></ruby>の<ruby>原因<rt>げんいん</rt></ruby>**となる**。

糖分攝取的頻率會成為蛀牙的原因。

文法重點

「なる」常譯為「變、成為」的意思。

名詞／形容動詞＋になる

「になる」強調變化的過程，變化屬於「自然」的轉變，多用於口語。

<ruby>運動<rt>うんどう</rt></ruby>をすれば<ruby>健康<rt>けんこう</rt></ruby>になる。

如果做運動，就會變得健康。

私は今年で34歳になります。

我今年34歲。

也可以用在人的意志上，譯為「想成為」。

海賊王に、俺はなる！

我要成為海賊王。（『海賊王』中的魯夫的名言，為「俺は海賊王になる」的倒裝句。）

私は生け花の先生になりたいです。

我想要成為插花老師。

形容詞（去掉い）＋くなる

形容詞去掉「い」加上「く」會變成副詞，後面則可以加上動詞。

スキンケアをして、肌が白くなった。

做保養後，肌膚變白了。

彼は年をとって、性格が丸くなった。

他年紀大了之後，個性也變得圓融。

名詞＋となる

「となる」強調變化的結果，變化屬於「意料之外」的轉變，多用於書面。

今朝は晴れだったのに、昼過ぎにはいきなり土砂降りとなった。

明明今天早上是晴天，卻到了中午過後突然下起傾盆大雨。

梅雨前線の影響で、四国では雨の天気となるでしょう。

由於梅雨鋒面的影響，四國將變成雨天吧。

A 夏に入ったら、にわか雨になりがちだね。

B 本当に。傘を毎日持ち歩かないと。

A 朝まで起きてたから、眠くなってきちゃった。

B 目薬貸してあげるから使いな。スッキリするよ。

A その小説どこまで読んだの？

B えーと、「雨がいつしか雪になった。」のところまでだよ。

A 夜になるとここは賑わってくるね。

B 夜市は台湾にとって欠かせない文化だね。

A 進入夏天，容易有雷陣雨耶。

B 真的。得每天帶傘出門才行呢。

A 因為天亮了才睡，現在變得想睡了。

B 我借你眼藥水拿去用吧，會很舒爽喔。

A 那本小說你讀到哪裡呀？

B 我看看，讀到「雨不知不覺變成了雪。」這裡喔。

A 一到晚上這裡就會熱鬧起來耶。

B 夜市對台灣來說是不可或缺的文化呢。

請從下列選項中選出正確的字，填入空格。來完成句子

> になる　となる　くなる　くなくなる　にならない
> になりたい　くならない　くなりたい

1. あんまりお腹を空かせてからご飯を食べると、急に入らな＿＿＿＿＿。

2. 私も人に好かれるような、優しい人＿＿＿＿＿な。

3. 甘すぎるとおいし＿＿＿＿＿から、砂糖を入れすぎないでね。

4. サラリーマン＿＿＿＿＿なら、何になりたいの？

5. 少しの失敗でも、これまでの努力が水の泡＿＿＿＿＿可能性は十分あるから、慎重にね。

6. 占いによると、彼は将来お金持ち＿＿＿＿＿そうだ。

7. 俺もあいつみたいにかっこよ＿＿＿＿＿。

8. きつく叱らないと、子供は大人し＿＿＿＿＿。

彼は公務員<ruby>員<rt>こうむいん</rt></ruby>だろう。

他大概是公務員吧。

これは何かの誤解でしょう。

這大概有什麼誤會吧。

曽さんに呆れられるかもしれない。

或許會讓曾小姐難以置信（受不了）。

夏美さんは誰かに怒られているみたいだ。

夏美小姐好像正被不知道誰罵著。

文法重點

　　「だろう」、「でしょう」、「かもしれない」、「みたいだ」四個都是與「推測」相關的詞，其和各種詞的搭配方式全部相同，在開始說明差異之前先將使用方式整理如下：

① 名詞＋だろう／でしょう／かもしれない／みたいだ

② 形容動詞＋だろう／でしょう／かもしれない／みたいだ

③ 形容詞＋だろう／でしょう／かもしれない／みたいだ

④ 動詞終止型（第三變化）＋だろう／でしょう／かもしれない／みたいだ

一、「だろう」與「でしょう」為同義，皆為表達主觀推量，常譯為「應該是～
　　吧」。主要差別為「だろう」為常體，「でしょう」為敬體。

> 彼がむすっとすることは滅多にないだろう。
>
> 他幾乎不太會擺臭臉吧。
>
> 明日は熱いでしょう。
>
> 明天大概會熱吧。

二、「かもしれない」表示對某事件之真偽、成立與否的主觀推量。相當於中文的
　　「或許、應該」，敬體為「かもしれません」。

> スタッフ達は打ち上げに参加しないかもしれない。
>
> 工作人員們或許不會參加慶功宴。
>
> それは言い訳かもしれません。
>
> 那或許是藉口。

三、「みたい」為說話者的主觀推測或比喻、舉例。常譯為「似乎～」、「好
　　像～」、「宛如～」，敬體為「みたいです」。

> 彼、40を過ぎてやっと落ち着いて幼馴染と結婚するみたい。
>
> 他年過40（歲）終於定下來，要跟青梅竹馬結婚的樣子。
>
> 亜実ちゃん、あの色違いのワンピースもう買ったみたいだよ。
>
> 亞實她好像已經買了那件同款不同色的洋裝喔。

☆注意！

　　講「だろう」或「でしょう」若語氣往上揚則會變成疑問句，可譯為：「不是～嗎？」、「是～對吧？」

明日（あした）は欠席（けっせき）するんでしょう？

你明天不是要缺席嗎？

東京（とうきょう）マラソンキャンセルの返金（へんきん）はないんだろう？

東京馬拉松的取消，不會退費不是嗎？

會話

A 最近（さいきん）、コロナ感染者（かんせんしゃ）がまた増（ふ）えたみたい。

A 最近，新冠肺炎確診者又增加了的樣子。

B 世界中（せかいじゅう）を恐怖（きょうふ）に陥（おとしい）れたコロナウイルスも、もう少（すこ）しで収（おさ）まるだろう。

B 讓世界陷入恐慌的新冠肺炎，再過一陣子就會好轉了吧。

A なんで日本（にほん）の夏（なつ）は風鈴（ふうりん）を飾（かざ）るの？

A 為什麼日本的夏天要掛風鈴呢？

B 夏（なつ）の風物詩（ふうぶつし）で、風鈴（ふうりん）の音（おと）を聞（き）くと涼（すず）しく感（かん）じるからでしょう。

B 大概是因為它很有夏天的風情，聽到風鈴的聲音也會感到涼爽的緣故吧。

A やばい！カンニングが先生（せんせい）にバレたかもしれない。

A 糟糕了！考試作弊似乎被老師發現了。

B やばいじゃん。終（お）わったね。

B 很糟糕耶。你死定了。

A うちの部長（ぶちょう）、疲労困憊（ひろうこんぱい）して鬱（うつ）になったみたいだよ。

A 聽説我們的部長，筋疲力竭導致憂鬱症的樣子呢。

B 本当気（ほんとうき）の毒（どく）。あれだけの仕事量（しごとりょう）を一人（ひとり）でこなしてたんだもんね。

B 真的很可憐耶。那麼大的工作量他都一個人在做。

請將括弧內詞語換成適當的形態填入。

1. あの先生は優しくて、＿＿＿＿＿＿（厳しい）みたい。

2. もう時間がない。明日の締め切りに、＿＿＿＿＿＿（間に合う）かもしれない。

3. 彼は面倒見がいいから、みんなの頼みを＿＿＿＿＿＿（断る）だろう。

4. 彼女は今の仕事が合わないと言っていたから、仕事を＿＿＿＿＿＿（辞任する）でしょう。

5. 日本が緊急事態宣言を発表するなんて、誰が＿＿＿＿＿＿（予想する）だろう。

6. 写真を見る限り、彼女は昔＿＿＿＿＿＿（細い）みたいです。

7. 頼りになる彼なら、この仕事が＿＿＿＿＿＿（できる）かもしれない。

8. 明日から出張に＿＿＿＿＿＿（行く）でしょう？寂しくなるね。

9. あの人は台湾の＿＿＿＿＿＿（芸能人）かもしれません。

10. 兄弟が喧嘩するのはよく＿＿＿＿＿＿（ある）だろう。

だれ　き
誰か来た**ようだ**。
似乎有誰來了。

まん が　　おもしろ
この漫画は面白**そうだ**。
這個漫畫看起來很有趣。

かれ　　　　　　　わ
彼はさっぱり分からない**ようだ**。
他好像完全搞不懂。

せい と　　ねむ　　　　　　　かお
生徒が眠**そうな**顔をしている。
學生一臉很想睡覺的樣子。

文法重點

　　「そうだ」為說話者藉由眼前看到的狀況推測，並進行判斷的表現。常譯為「好像...」、「看起來像是 ...」，敬體為「ようです」。與各種詞的搭配方式如下：

① 形容動詞＋そうだ
② 形容詞（去掉い）＋そうだ

③ 動詞連用形（第二變化）＋そうだ

悪（わる）そうな目（め）つきをしている男（おとこ）があそこに立（た）っている。

有個看起來凶神惡煞的男子站在那邊。

弟（おとうと）がケーキを食（た）べたそうにしている。

弟弟一副很想要吃蛋糕的樣子。

此外，「そうだ」除了當「樣態助動詞」以外，還有「傳聞助動詞」的用法。為說話者轉述得來的資訊，常譯為「聽說」。和各品詞搭配方式如下：

① 名詞＋だ＋そうだ
② 形容動詞＋だ＋そうだ
③ 形容詞＋そうだ
④ 動詞連體型（第四變化）＋そうだ

最近（さいきん）イチョウの葉（は）が黄色（きいろ）く色（いろ）づいたそうだよ。

聽說最近銀杏的葉子變黃了喔。

あの人（ひと）は台湾（たいわん）の大（だい）スターだそうですよ。

聽說那個人是台灣的大明星喔。

「ようだ」為以現有的狀況推測，並判斷時使用的表現。常譯為「感覺起來像是～」，敬體為「ようです」。和各品詞搭配方式如下：

① 名詞＋の＋ようだ
② 形容動詞＋な＋ようだ
③ 形容詞＋ようだ
④ 動詞連體型（第四變化）＋ようだ

彼（かれ）は子供（こども）のようだ。

他像個小孩子一樣。

彼女（かのじょ）は可愛（かわい）い水着（みずぎ）を買（か）いたいようです。

她想要買可愛的泳裝的樣子。

「そうだ」與「ようだ」同為推測，「ようだ」比起「そうだ」較來得體面、正式，「そうだ」則是較為口語的用法。

今日は寒そうだ。
今天好像很冷。（較為口語）
今日は寒いようだ。
今天似乎會很冷。（較為體面）

會話

A お久しぶり。あっという間にもう3年ぶりだね。

A 好久不見。一轉眼又睽違3年不見了。

B お久しぶりです。お元気そうで何よりです。

B 好久不見。看到你很有元氣的樣子，真是太好了。

A そのブレスレット、可愛いけど高そうだね。

A 那條手鍊，很可愛可是看起來很貴呢。

B ううん。セールで買ったから安かったよ。

B 沒有喔。在特價的時候買的，所以很便宜喔。

A 飯塚さん、試合に負けて落ち込んでるようだよ。

A 飯塚他比賽輸了，好像很沮喪的樣子耶。

B しーっ！聞こえちゃったらまずいよ。

B 噓！不要被他聽到就不好了。

A 彼は冬は日本でスキーや雪合戦もしたそうだよ。

A 聽說他冬天在日本滑雪、還有打雪仗呢。

B いいなぁ。私も早く休みを作って旅行に行きたいな。

B 真羨慕。我也好想要趕快休假跑去旅行。

課後練習

一、請將括弧內的詞改寫成適當接續的形態填入空格。

1. 久しぶりに会ったけど、彼はとても _____（元気）そうだった。

2. 今日はあまり _____（暑い）ようだ。

3. 先月はあまり _____（寒い）そうだ。

4. しんちゃんはピーマンが _____（嫌い）ようだ。

5. 明日の天気は _____（曇り）ようだ。

6. 上司は _____（気まずい）そうな顔をしている。

7. あの子供は _____（賢い）そうだ。

8. 彼は _____（我慢強い人）そうだ。

9. あの子の性格は _____（気まぐれ）ようだ。

10. あのネックレスは _____（高級）そうだ。

二、依提示將下列中文譯為日語

1. 護士似乎是很辛勞的工作。（護士＝看護師、辛勞的工作＝激務）

_____

2. 似乎累積了相當多的工作。（相當＝かなり、累積了＝溜まっている）

_____

3. 宛如是荷蘭人的臉孔。（宛如＝まるで、荷蘭人＝オランダ人）

_____

4. 比起芭樂，這個芒果看起來比較好吃喔。（芭樂＝グァバ、芒果＝マンゴ）

_____

5. 他快要喜極而泣了。（喜極而泣＝嬉し泣きする）

_____

附錄

■ 解答與題目中文翻譯

解答與題目中文翻譯

開始學日語文法

1. 彼は警察です。
2. 私は店員です。
3. 好きな映画。
4. 早く歩く。
5. 天気が良くなる。

05

1. は、が　我的妹妹想要手機。
2. は、は　我雖然不太吃生魚片，但經常吃壽司。
3. が　你看你看！櫻花很漂亮喔。
4. が　偶爾去外國旅行也不錯。哪裡好？
5. は　這裡是哪裡？
6. は、が　這本雜誌是誰買的？
7. が　若有不懂的地方，請來問老師。
8. は、が、は、が　吳先生不擅長日語，而郭先生不擅長西班牙語。
9. が、が／は　你聽得見鳥鳴吧？這個鳥就是／是台灣藍鵲。

06

1. 明日は何曜日ですか。
2. 何が好きですか。
3. 土曜日か日曜日、空いていますか。
4. あれは何ですか。
5. ここは何が美味しいですか。
6. どこか行きたいところはありますか。

07

1. ×
2. ○　貓在屋頂上。
3. ×
4. ○　愛小姐還在家裡。
5. ×
6. ○　你在哪裡？
7. ×
8. ○　有蟲！
9. ×

10. ○　那裏有誰？

08

1. よんじゅうご
   從京都到奈良，約有45公里。
2. さんぜんななひゃくななじゅうろくてんによん
   富士山海拔3776.24公尺之高。
3. いっせん
   若有一千萬元，你想要做什麼？
4. きゅうせん
   在路上掉了九千元日幣。

09

1. ③、①
   A 想要哪個？　B 想要那個！
2. ③
   A 新人聽說又遲到了。　B 那個人一直很隨意呢。
3. ③、①
   A 哪個在哪買的？　B 這個手機殼嗎？在西門町買的。
4. ③
   A 這個很重，要放哪裡？　B 啊，放課長桌上。
5. ①、②
   A 林先生，那個資料借一下好嗎？　B 我手上有三份，你要的是哪份資料？

10

1. お　生魚片
2. お　名片
3. お　化妝
4. お　心情
5. お　信
6. ご　說明
7. お　散步
8. ご　請款
9. ご　賀金
10. お　送別
11. お　青菜

12. ご　住家
13. ご　訂購
14. お　通知、送貨
15. お　話

11

1. いない　我不在車站喔。
2. しよう　成為大學生後我想第一次一個人去外國旅行。
3. 終わる　考試很快會結束。
4. 見　邊看電視，邊吃飯。
5. 出ない　和他吵架了。今天電話也不接。
6. 行こう　有時間的話，一起去玩吧。
7. すれば　早起的話，心情會變好。
8. 見ろ　看啊。這個月也是虧損。
9. 来い　爺爺說，偶而要回老家啊。
10. 話す　就算聽到傳聞，也沒有可以講給他聽的人。

12

1. 広志さんはパーティーに来ない。
2. 私はそう思わない。
3. あの扇風機は5000円でも足りない。
4. ジャンプしても届かない。
5. 誰か来てもわざわざ掃除しない。

13

一、
1. 買った　最近的人氣遊戲已經買了嗎？
2. 切れた　一直玩手機，結果電池沒電了。
3. 亡くなりました　上個月，父親去世了。
4. なりました　現代人變得晚睡。
5. 行きました　那家有名的店，已經去了嗎？
6. しませんでした　以前，麵包一個只要10元。
7. 渇きました　剛剛做了瑜珈，所以喉嚨渴了。
8. あった　剛剛有地震。
9. した　昨天的湯有怪味。

10. 来た　命運的時刻總算到了。

二、
1. 日月潭の涵碧楼は一泊2万元もするそうだ。
2. 6月に入りました。しばらくすると梅雨入りになるのでしょう。
3. 彼女のことを忘れるために、旅を出ました。
4. 蒋さんは会社をクビになって、今はフリーターをしている。
5. 最近、マスクをした人が多い。

14

1. 救わない　不救
2. 述べよう　敘述吧
3. 来い　給我來
4. 歩けば　走的話
5. 急ぎます　趕緊
6. 移そう　移動吧
7. あけろ　給我打開
8. 数えれば　數的話
9. 見ます　看
10. 掃除しない　不掃除

15

1. 彼はそんなことする人ではない。
2. 空を飛ぶ鳥、地を歩く人、水の中で泳ぐ魚。
3. これは私が欲しかった結果ではない。
4. そこで走ってる人が山田さんです。

16

1. 日本では、16歳にならなければバイクの運転ができない。

   在日本，未滿16歲不能騎機車。
2. 時間を有効に使わなければ、後で後悔することになる。

   若不有效運用時間，以後會後悔。
3. 次の試合で勝たなければ、優勝できない。

若下個比賽沒贏，就無法優勝。

4. 焼き魚に醤油をつけなければ、美味しくない。

若烤魚不加醬油，不好吃。

5. これ以上人が増えなければ、応募を締め切ろう。

若人不增加，就結束招募。

17

1. 頭が良くなるから、この本を読め。

頭腦會變好，去看這本書。

2. 後でチェックするから、早く書け。

之後會檢查，快去寫。

3. うるさいから、音楽のボリュームを下げろ。

因為很吵，給我把音樂的音量調低。

4. 間違いのないように、もう一回確認しろ。

為了不犯錯，去在確認一遍。

18

1. 自転車はきちんと駐輪場に止めよう。

自行車要好好停在停自行車停車場喔。

2. 先に店に入ろう。

先進店裡吧。

3. 友達が来る前に部屋を掃除しておこう。

朋友來之前先打掃房間吧。

4. 道を渡る時は、車に気をつけよう。

過道路時要注意車子。

5. 姉がスーパーに行く時、子供を預かってあげよう。

姊姊去超市時，幫她顧小孩吧。

19

1. 汚れた　打了牆上的蚊子，因此牆壁髒了。
2. 落ち　接到了快要掉下來的盤子。
3. 伸ばし　踮起腳伸手，手就搆到商品了。
4. 消す　用黑板擦來擦掉黑板的字。
5. 入り　想要進入最喜歡的吹奏樂部。
6. つけ　在自己的果汁上加上記號放入冰箱。
7. 壊れた　洗衣機不動。壞掉了嗎？

8. 出す　去銀行，把錢提出來。
9. 止め　我舉起手，攔下計程車。
10. 開き　風把門吹開了。

20

一、

1. 哥哥在紀念日的時候，總是都會送情人禮物。
2. 那個行李，要不要我幫你拿給長谷川先生呢？
3. 不認識的人給了我名片。
4. 高橋先生給了妹妹髮圈。
5. 我請黎小姐介紹了夏目先生。

二、

1. 秦さんに三味線を教えてあげました。
2. クラスメイトがバイトを紹介してくれました。
3. ここの字、間違ってるよ。平田さんに直してもらって。
4. この漢字の読み方を教えてあげようか？
5. 平田さんは私の仕事を手伝ってくれました。

21

1. 書かせる　要學生畫畫。
2. 歌わせる　要創作歌手唱歌。
3. 調べさせる　要學生查話語的意思。
4. 運動させれ　讓他運動，就會有精神。
5. させ　要讓小孩子吃更多苦。
6. 来させる　能叫林先生早點來嗎？
7. 遊ばせない　不要讓小孩在馬路上玩。
8. 読ませられ　被要求看了有趣的書。
9. やめさせ　讓他停止危險駕駛。
10. 理解させ　一定要讓學生好好理解文法。

22

1. 日本のアニメやサブカルチャーは、世界中の人に愛されています。

日本的動畫和次文化受到世界的喜愛。

2. 王さんはみんなに好かれている。

王先生受大家喜愛。

3. 子供は大人に守られている。
   小孩受到大人守護。

23

一、

1. 食べさせられ　小時候有被迫吃討厭的食物過嗎？
2. 心配させられ　小孩一直都讓人擔心。
3. 持たせられ　我被客人要求拿重的行李。
4. 泣かされ　小時侯常被哥哥弄哭。
5. 練習させられ　我被駕訓班的老師逼迫練習了好幾次。

二、

1. ①

   這個建築大概在50年前建立。
   ①這個建築在大概50年前成立。
   ②這個建築還沒蓋好。
   ③這個建築蓋起來很難。
   ④這個建築差不多蓋好了。

24

1. いいえ、遠藤さんのじゃないです。
   這個手冊是遠藤先生的嗎？
2. はい、かりんちゃんは7歳です。
   花梨是7歲嗎？
3. いいえ、今日は雨降ってません。
   今天下雨嗎？

25

1. いいえ、山下さんはフリーターじゃありませんでした。料理人です。
   不，山下先生不是飛特族，是廚師。
2. いいえ、松本さんはカメラマンじゃありませんでした。配送員です。
   不，松本先生不是攝影師，是送貨員。
3. いいえ、坂井さんは教師じゃありませんでした。農家です。
   不，坂井小姐不是教師，是農婦。

4. はい、岸田さんは大工でした。
   是的，岸田先生是工人。
5. 細谷さんが整備士でした。
   細谷先生是整備師。

26

1. 沒問題的。
2. 每周二晚間9點會看連續劇。
3. 因為一個人住，所以冰箱裡面什麼都沒有。
4. 早安。
5. 不好意思，由於我明天還早，差不多先告辭了。

27

1. ました　昨天偶然碰見高橋先生。
2. ませんでした　當時我不知道福岡是九州最大的都市。
3. ます　從今以後也會繼續加油。
4. ません　現在她也不肯信我說的話。
5. ます　明年6月要結婚。
6. ません　很不巧的下禮拜沒空。

28

1. 大きくて　這樹又大又粗。
2. 涼しくなくて　今年夏天不涼，很熱。
3. 美味しくない　爸爸做的料理不太好吃。
4. ほしい　現在最想要遊戲軟體。
5. 寂しくない　現在住在學生宿舍，所以不寂寞。
6. 優しい　他一直對我很溫柔，最喜歡了。

29

1. 多くて　病患很多，所以等了一個小時。
2. 寒くありませんでした　昨天很冷，但前天不冷。
3. 遅かったです　很慢呢，今天早上怎麼了嗎？
4. 面白くありませんでした　這個電影不有趣，很失望。
5. 少なかったです　昨天的新宿人很少呢，明明平時人都很多的。

6. 辛<ruby>辛<rt>つら</rt></ruby>くなかったです　因為有大家鼓勵，不辛苦。

30

1. <ruby>苦手<rt>にがて</rt></ruby>です　中田先生不喜歡吃紅蘿蔔。
2. <ruby>真面目<rt>まじめ</rt></ruby>で　兒子很認真，頭腦也好。
3. <ruby>上手<rt>じょうず</rt></ruby>じゃないです　她日語不好，但很會法語。
4. <ruby>暇<rt>ひま</rt></ruby>じゃないです　我也不空閒，所以時間常常配合不了呢。
5. <ruby>有名<rt>ゆうめい</rt></ruby>です　九份在日本也很有名。
6. <ruby>安全<rt>あんぜん</rt></ruby>で　台灣既安全，治安也好。

31

1. <ruby>無理<rt>むり</rt></ruby>だった　嘗試過了，但一個月內減重5公斤果然不可能。
2. <ruby>大丈夫<rt>だいじょうぶ</rt></ruby>だ　不會勉強自己，沒問題啦。
3. <ruby>無駄<rt>むだ</rt></ruby>じゃなかった　成功後，實際感受到努力不會沒用。
4. <ruby>不思議<rt>ふしぎ</rt></ruby>だ　現在這時代網路什麼都做得到，真不可思議。
5. <ruby>熱心<rt>ねっしん</rt></ruby>だった　現在變了，但以前這位老師也是很熱心的。
6. <ruby>楽<rt>らく</rt></ruby>だった　假日時，掃除洗衣等全部家事老公都會幫忙，很輕鬆。

32

1. <ruby>私<rt>わたし</rt></ruby>はドイツ<ruby>語<rt>ご</rt></ruby>を<ruby>習<rt>なら</rt></ruby>っています。
2. あの<ruby>男<rt>おとこ</rt></ruby>は<ruby>浮気<rt>うわき</rt></ruby>をしています。
3. <ruby>窓<rt>まど</rt></ruby>に<ruby>鍵<rt>かぎ</rt></ruby>がかかっています。
4. <ruby>羅<rt>ら</rt></ruby>さんは<ruby>将来<rt>しょうらい</rt></ruby>のことを<ruby>心配<rt>しんぱい</rt></ruby>しています。
5. <ruby>同窓会<rt>どうそうかい</rt></ruby>はとっくに<ruby>終<rt>お</rt></ruby>わっています。
6. <ruby>赤<rt>あか</rt></ruby>ん<ruby>坊<rt>ぼう</rt></ruby>の<ruby>肌<rt>はだ</rt></ruby>はすべすべしています。

33

1. A <ruby>言<rt>い</rt></ruby>っていた／<ruby>言<rt>い</rt></ruby>っていました

B <ruby>行<rt>い</rt></ruby>っていなかった

A 青野先生說昨天去的居酒屋很棒，（你覺得）怎麼樣？

B 我沒有和青野先生一起去，所以不知道。

2. A <ruby>減<rt>へ</rt></ruby>っていない

B <ruby>食<rt>た</rt></ruby>べている

A 你不餓嗎？

B 嗯，每天早餐都吃很多，所以這個時間帶還不會餓。

3. A <ruby>憧<rt>あこが</rt></ruby>れていた

B <ruby>祈<rt>いの</rt></ruby>ってい

A 從小時候就嚮往空服員，所以我想實現夢想。

B 我祈禱你能順利合格。

4. A <ruby>間違<rt>まちが</rt></ruby>ってい

A 報告的第三行，字寫錯囉。

B 啊，真的呢，我現在改。

34

1. <ruby>白<rt>しろ</rt></ruby>い<ruby>傘<rt>かさ</rt></ruby>は<ruby>私<rt>わたし</rt></ruby>のです。
2. <ruby>家<rt>いえ</rt></ruby>の<ruby>前<rt>まえ</rt></ruby>に<ruby>山<rt>やま</rt></ruby>があります。
3. <ruby>私<rt>わたし</rt></ruby>の<ruby>姉<rt>あね</rt></ruby>の<ruby>莉紗<rt>りさ</rt></ruby>は<ruby>高校生<rt>こうこうせい</rt></ruby>です。
4. <ruby>私<rt>わたし</rt></ruby>はベートーヴェンの<ruby>音楽<rt>おんがく</rt></ruby>が<ruby>好<rt>す</rt></ruby>きです。

35

一、

1. で　我在小學唸書，
2. で　迷路的話就在定點等著吧。
3. に　包包裡面有什麼？
4. へ　我下週回香港。
5. に　外面停著車。
6. で　不能在這裡吸菸。
7. へ　請來這裡。
8. へ　現在馬上回公司。
9. に　那裏有人。
10. で　一個人住的男性被發現在家裡去世。

二、

1. <ruby>台所<rt>だいどころ</rt></ruby>で<ruby>米<rt>こめ</rt></ruby>を<ruby>洗<rt>あら</rt></ruby>います。
2. <ruby>三ヶ月後<rt>さんげつご</rt></ruby>にシンガーポールへ<ruby>行<rt>い</rt></ruby>きます。
3. <ruby>台東<rt>たいとう</rt></ruby>に3<ruby>年間<rt>ねんかん</rt></ruby><ruby>駐在<rt>ちゅうざい</rt></ruby>しています。

36

一、

1. ③　到加拿大演奏。
2. ①　這個菜刀用來切菜。

3. ② 跟同期的人今晚去喝酒。

4. ④ 明天的活動，請務必來看看。

5. ② 和家人去吃了飯。

二、

1. ① 2. ③ 3. ②

37

1. に 2021年預定在東京舉辦奧林匹克運動會。

2. に 新年跟婆婆做了御節料理。

3. × 將來你想成為什麼？

4. × 他上個月離職了。

5. から 從昨晚就聽到奇怪的聲響。

6. × 現在有時間嗎？

7. に 深夜吃了宵夜。

8. に 在夏天玩了煙火。

9. に 電車在4點18分發車。

10. から 從早工作到晚。

11. × 每天晚上都熬夜。

12. に 盂蘭盆節的休假到海外旅行了。

13. に 年末時換地方工作。

14. に 週末帶小孩去玩。

15. × 每天練習鋼琴。

16. から 什麼時候開始喜歡日本的偶像的？

17. に 下旬時去看祭典。

18. × 最近完全見不到面呢。

19. × 什麼時候回國？

20. × 她一直都在笑。

21. に 寒假時去滑雪。

22. × 剛剛被叫了。

23. × 上個月才到這個職場。

24. × 最近小孩出生了。

25. × 偶然碰見以前一起打工過的人。

38

1. まで 老公回來前請待在這。

2. まで 昨晚讀書到很晚。

3. までに 1月10日前請交出文件。

4. までに 這雨明天前會停吧。

5. まで 這雨會持續到明天吧。

6. まで 打算明年3月底前待在現在的公司，4

月移動到新工作。

7. までに 討論會最晚4點前會結束吧。

8. までに 30歲前想結婚。

9. までに 大學畢業之前想決定到哪工作。

10. まで 打算到明年的甲子園前都練習棒球。

11. まで 這個公司的人普遍工作到深夜。

12. まで 我的祖母活到百歲。

13. までに 小孩9點前歲比較好。

14. まで 今天是假日，所以睡到下午1點。

15. までに 天黑之前回來喔。

16. まで 那個朝市從早上開到下午兩點喔。

17. までに 這頁的內容一定要在明天的測驗之前記下來。

18. まで 剛剛還記著的，現在已經忘了。

19. まで 每天到晚上12點之前都醒著。

20. までに 因為很急，請在8點前吃完。

39

1. でも 請任何時候都可以聯絡。

2. しかし 可是，真是困擾呢。

3. でも 真無聊，來看動畫吧。

4. でも 我哪裡都睡的了。

5. しかし 再次啟動了一台水力發電機，但電力不足的情況依然持續著。

40

1. が 料理還沒冷掉前，請快點吃掉。

2. を 請不要穿睡衣出去丟垃圾。

3. を 開著電視睡著了。

4. を 想要中途下公車時該怎麼辦呢？

5. が、を 地震發生時請絕對不要搭電梯。

6. が 花瓶快從桌上掉下來了喔。

7. が、を 下了非常大的雨，簡直像是在沐浴。

8. を 這個工作要全部一個人做似乎果然不可能。

9. が 寺田小姐穿的衣服好像很貴。

10. を、を 在外面看星星，結果感冒了。

41

1. ③ 吃了名產和看了煙火等等，這次旅行真的很愉快。

2. ② 百香果和芒果，選了兩種。

3. ④ 會場有楊先生和孫小姐等等許多的人在。

4. ② 請給我牛舌兩人份，和沙拉跟湯各一份。

5. ① 受颱風影響，出現停電和土石流等等的損害。

6. ③ 俄國或非洲等等，我想去更各式各樣的外國看看。

42

一、
1. 映画は7時20分からです。

   電影是幾點開始？

2. シャトルバスは11時50分までです。

   接駁車到幾點為止？

3. 仕事は8時半から6時までです。

   工作是幾點到幾點為止？

4. 図書館は午前9時から午後5時までです。

   圖書館是幾點到幾點為止？

5. 営業時間は夜7時から深夜3時までです。

   營業時間是幾點到幾點為止？

二、
1. A: 試合は何時からですか。

   B: 9時からです。

2. A: 明日の授業は何時からですか。

   B: 明日は午後からです。

3. A: 電車は何時までですか

   B: 12時までです。

三、
1. 今年の夏休みはいつからいつまでですか。
2. 昼休みは何時から何時までですか。
3. そちらは何時から何時までですか。
4. ここからバス停まで歩いてどれぐらいかかりますか。
5. 東京から熱海まで車で二時間以内です。

四、
1. ④ （スペイン語の②授業は④何時から①何時まで③ですか）

   西班牙語的課上到幾點？

43

一、
1. ×
2. ○ 女性不想跟貧窮的男性結婚。
3. ×
4. ○ 穴場小姐想要住高級大廈。
5. ×
6. ○ 我想駕駛。
7. ○ 我想出現在影片之中。
8. ○ 阿姨想掃除房間。
9. ×
10. ○ 想要大家來慶祝升遷。

二、
1. 夫は液晶テレビを買いたがっています。
2. もう二度と彼と口を利きたくないです。
3. 彼女を傷つけたくないです。
4. 一生あなたのそばにいたいです。
5. 同僚は問題を解決したがっています。

44

1. ○ 中了彩卷的話，我想環遊世界。
2. ×
3. ×
4. ○ 沒事的話一起去喝一杯吧。
5. ○ 如果不是攝影師，你現在會做什麼？
6. ○ 不會造成困擾的話，會去拜訪您。
7. ×
8. ×
9. ○ 若上舞妓般的妝，會看不出來是誰。
10. ○ 若缺席，會被老師生氣。

45

1. ④ （そんなに②彼のことが④気になるぐらいなら①自分から③謝ったらどう？）

   那麼在意他的事的話，何不去向他道歉？

2. ② （台湾の④新卒の①毎月の給料は②3万元③くらいです）

   台灣的畢業生月薪大概3萬元。

3. ①（手が③赤くなる①ぐらい④拍手②しました）

   手拍到都紅了。

4. ②（この③フィリピン料理は④本場で食べたのと②同じくらい①美味しかったです）

   這個菲律賓料理和在當地吃到的一樣美味。

5. ④（林さん①ぐらい④笑顔が②素敵な③人はいないです）

   沒人像林小姐一樣笑容甜美。

46

一、

1. ホラーよりコメディのほうが好きです。

   你喜歡恐怖片還是喜劇片？

2. 広島より、鹿児島のほうが遠いです。

   廣島和鹿兒島哪個比較遠？

3. ６月より５月のほうが涼しいです。

   5月和6月哪個比較涼？

4. ワーキングホリデーよりも留学のほうがいいです。

   留學和工作假期哪個比較好？

5. 緑島より台北のほうがずっと賑やかです。

   綠島和台北哪個更熱鬧？

6. 野菜よりお肉のほうが好きです。

   青菜和肉你喜歡哪個？

7. いくらよりうにのほうが新鮮です。

   海膽和鮭魚卵哪個比較新鮮？

8. 私立学校より国立学校のほうがいいです。

   國立學校和私立學校哪個比較好？

9. 結婚しないよりしたほうがいいと思います。

   結婚和不結婚你覺得哪個比較好？

10. 言語交換しないよりしたほうがいいと思います。

   做語言交換和不做語言交換，你覺得哪個比較好？

二、

1. あの車はこのバイクより古いです。

   這輛機車比那輛汽車新。

2. あのマンションはこのアパートより広いです。

   那個公寓比那個大樓狹窄。

3. この人の髪はあの人より短いです。

   那個人的頭髮比這個人長。

4. あの店はこの店より安いです。

   這家店比那家店貴。

5. この部屋はあの部屋より綺麗です。

   那個房間比這個房間髒。

47

1. ③（彼は①シンプルな服③しか②買わない④人です。）

   他是只買單純的衣服的人。

2. ②（私は④あの人③だけは②許せない①と思います。）

   我認為只有那個人無法原諒。

3. ④（もう①彼に④真実を②伝える③しかないですね。）

   已經只能告知他真實了呢。

4. ①（この家は②駅に近い③だけで①住み心地は④あまりよくないです。）

   這個家只有離車站很近，住起來並不舒服。

5. ②（仕事を③引き受けたから②真面目に④やる①しかないです。）

   既然接受了工作，只能認真的做。

48

1. ④ 分店也不錯，但還是本店的好吃吧。

2. ② 收入減少了，但生活沒有問題。

3. ② 雖出身沖繩，但不會講沖繩的方言。

4. ① 這個苦瓜很苦，但據說對身體好。

5. ③ 雖喝了健康食品，但感覺不到效果。

6. ④ 那個人明明工作已經夠輕鬆了，還是在抱怨。

7. ① 他的意見雖然是對的，但很少人贊同。

8. ③ 紀念日不用高價的東西，明明能待在一起我就很開心了。

9. ④ 難得有人介紹給我好對象，但沒有戀愛的可能性。

10. ② 雖拿到了獎學金，但全部捐掉了。

49

1. ③ 下定決心挑戰賭博，但結果慘敗。
2. ② 挑戰登山，但因為高山症中途放棄了。
3. ② 最近白髮變多了，所以被周圍的人說老了。
4. ④ 刺蝟性格膽小，所以不容易親人。
5. ① 就算他很弱小，也不能欺負。
6. ④ 養水獺雖在日本大流行，但在台灣是屬於稀少動物所以不能養。
7. ② 因為她知道的比較詳細，請去問她。
8. ① 雖然說出事實既殘酷又過份，但是為那個人好。
9. ③ 不吉利，所以不要說那種話。
10. ② 他明明該道歉，卻不打算道歉。
11. ① 他已經非常的反省了，所以請原諒他。
12. ④ 做了好事，所以自己也心情好。
13. ② 那個人很自由，所以討厭束縛喔。
14. ② 雖想提分手，但總講不出口。
15. ① 我很高興，但只收下您的心意。

1. ④（鬱病に③なった時は④消極的になったり①絶望②になったりしました）
得憂鬱症時一下變的消極，一下變的絕望。
2. ③（水は④凍ったり③溶けたり①して②変幻自在だ）
水一下結凍一下溶解，自由的變化型態。
3. ③（帰り道①道草を④しながら②帰宅③しました）
歸路上一遇到處亂晃一邊回家。
4. ④（彼に②見送られ④ながら①私は③涙を流した）
我一邊讓他送行，一邊流下了眼淚。
5. ④（ゴミを①拾い②ながら④道を③歩きました）
邊撿垃圾邊走路。
6. ②（異国文化に④びっくりしたり②怒ったりした①ことは③山ほどあります）
被異國的文化一下嚇到一下感到憤怒的事非常的多。

7. ②（待ち合わせ③時間まで②暇つぶし④をしながら①待ちました）
一邊消耗閒暇時間一遍等待到約好的時間
8. ④（一緒に④泣いたり①笑ったりした③仲間が②恋しいです）
想念一起又哭又笑的同伴們。
9. ②（梅雨の④季節は③雨が②降ったり①止んだりします）
梅雨季節的雨一下下一下停。
10. ②（約束③を②破ったり①忘れたりし④てはいけません）
約定不能反悔或忘記。

51

1. くなる 太餓的時候吃飯，會沒辦法一下吃太多。
2. になりたい 我也想成為受歡迎的溫柔的人呢。
3. くなくなる 太甜會變不好吃，所以不要放太多砂糖喔。
4. にならない 不想當上班族，那想要當什麼？
5. となる 一點小失敗，也可能導致至今的努力化為泡影，所以要謹慎喔。
6. になる 據占卜說，他將來似乎會成為有錢人。
7. くなりたい 我也想變得像他一樣帥氣。
8. くならない 不嚴屬責罵，小孩不會變乖。

1. 厳しくない 那個老師好像很溫柔，不嚴屬。
2. 間に合わない 沒時間了，可能趕不上明天的截稿日。
3. 断らない 他很會照顧人，應該不會拒絕大家的拜託。
4. 辞任する 她說過她不適合現在的工作，大概會辭職吧。
5. 予想した 日本竟然會發布緊急事態宣言，誰能預想到呢。
6. 細かった 看照片，她以前似乎很瘦。
7. できる 他很可靠，應該能做得了這個工作。

8. 行く　明天就要去出差了吧？會變得很寂寞呢。

9. 芸能人　那個人好像是台灣的藝人。

10. ある　兄弟吵架是常有的事吧。

53

一、

1. 元気　很久不見，但他看起來很有精神。

2. 暑くない　今天好像不怎麼熱。

3. 寒くなかった　上個月好像不怎麼冷。

4. 嫌いな　小新好像不喜歡青椒。

5. 曇りの　明天天氣好像會是陰天。

6. 気まず　上司一臉尷尬。

7. 賢い　那個小孩似乎很聰明。

8. 我慢強い人だ　他聽說是很能忍耐的人。

9. 気まぐれな　那個孩子個性似乎很任性。

10. 高級　那個項鍊似乎很高級。

二、

1. 看護師は激務のようです。

2. かなり仕事が溜まっているようです。

3. まるでオランダ人のような顔ですね。

4. グァバより、このマンゴーの方がおいしそうですね。

5. 彼は嬉し泣きしそうですね。

台灣廣廈 國際出版集團
Taiwan Mansion International Group

國家圖書館出版品預行編目（CIP）資料

我的第一本日語文法：一看就懂的日語文法入門書，適用完全
初學、從零開始的日語文法學習者！/五十嵐幸子著. -- 初版. --
新北市：國際學村出版社, 2021.05
　面；　公分
ISBN 978-986-454-155-3（平裝）
1.日語 2.語法

803.16　　　　　　　　　　　　　　　　　110004308

 國際學村

我的第一本日語文法

一看就懂的日語文法入門書，適用完全初學、從零開始的日語文法學習者！

作　　　者／五十嵐幸子	編輯中心編輯長／伍峻宏・編輯／尹紹仲
	封面設計／張家綺・內頁排版／東豪
	製版・印刷・裝訂／東豪・弼聖・秉成

行企研發中心總監／陳冠蒨　　　線上學習中心總監／陳冠蒨
媒體公關組／陳柔彣　　　　　　產品企製組／顏佑婷
綜合業務組／何欣穎　　　　　　企製開發組／江季珊、張哲剛

發　行　人／江媛珍
法 律 顧 問／第一國際法律事務所 余淑杏律師・北辰著作權事務所 蕭雄淋律師
出　　　版／國際學村
發　　　行／台灣廣廈有聲圖書有限公司
　　　　　　地址：新北市235中和區中山路二段359巷7號2樓
　　　　　　電話：（886）2-2225-5777・傳真：（886）2-2225-8052
讀者服務信箱／cs@booknews.com.tw

代理印務・全球總經銷／知遠文化事業有限公司
　　　　　　地址：新北市222深坑區北深路三段155巷25號5樓
　　　　　　電話：（886）2-2664-8800・傳真：（886）2-2664-8801
郵 政 劃 撥／劃撥帳號：18836722
　　　　　　劃撥戶名：知遠文化事業有限公司（※單次購書金額未滿1000元需另付郵資70元。）
讀者服務信箱／cs@booknews.com.tw

■出版日期：2021年5月　　　ISBN：978-986-454-155-3
　　　　　　2023年12月6刷　　版權所有，未經同意不得重製、轉載、翻印。